D0664735

La collection
ROMANICHELS POCHE
est dirigée par
André Vanasse

La memoria

De la même auteure

La peau familière, Montréal, Éditions du remue-ménage, 1983 (Prix Alfred-DesRochers).

Où, Montréal, Éditions de La Nouvelle Barre du Jour, 1984. Épuisé.

Chambres, Montréal, Éditions du remue-ménage, 1986. Deuxième édition, 1991.

Quand on a une langue, on peut aller à Rome (en collaboration avec Normand de Bellefeuille), Montréal, Éditions de La Nouvelle Barre du Jour, 1986. Aussi en cassette audio : Laval, Productions AMA, 1989.

Bonheur, Montréal, Éditions du remue-ménage, 1988.

La théorie, un dimanche (en collaboration avec Louky Bersianik, Nicole Brossard, Louise Cotnoir, France Théoret et Gail Scott), Montréal, Éditions du remue-ménage, 1988.

Stratégies du vertige. Trois poètes : Nicole Brossard, Madeleine Gagnon, France Théoret, Montréal, Éditions du remue-ménage, 1989.

Noir déjà, Montréal, Le Noroît, 1993 (Grand Prix du Festival international de poésie de Trois-Rivières). Deuxième édition, 1993.

Renoncement, livre-objet, poèmes accompagnés de six peintures originales de Jean-Luc Herman, Paris, Éditions Jean-Luc Herman, 1995.

Louise Dupré

La memoria

roman

XYZ
éditeur

Romanichels poche

La publication de cet ouvrage a été rendue possible grâce à l'aide financière du ministère des Communications du Canada, du Conseil des Arts du Canada et du ministère de la Culture du Québec.

©

XYZ éditeur
1781, rue Saint-Hubert
Montréal (Québec)
H2L 3Z1
Téléphone : 514.525.21.70
Télécopieur : 514.525.75.37

et

Louise Dupré

Dépôt légal : 1er trimestre 1997
Bibliothèque nationale du Canada
Bibliothèque nationale du Québec
ISBN 2-89261-188-1

Distribution en librairie :
Dimedia inc.
539, boulevard Lebeau
Ville Saint-Laurent (Québec)
H4N 1S2
Téléphone : 514.336.39.41
Télécopieur : 514.331.39.16

Conception typographique et montage : Édiscript enr.
Maquette de la couverture : Zirval Design
Tableau de la couverture : *La fresque à l'oiseau bleu*
de la « *Maison des Fresques* » de Knossos (Musée d'Hérakleion)

À ma mère

Passe quelquefois sous notre maison,
aie une pensée pour le temps où nous étions encore
                                        tous ensemble.
Mais ne t'arrête pas trop longtemps.

Mario Luzi

PREMIER CHANT

La petite fille aux oiseaux

Chapitre un

Les journées ne commencent jamais de la même manière, tout dépend de quelle façon on ouvre les yeux. Souvent, les paupières sont si lourdes qu'elles arrivent à peine à se décoller. Et on reste engluée dans la nuit, la nuit nébuleuse, la nuit noire, sans odeurs de terre ni d'encens, immobile, jusqu'à ce que malgré soi un doigt bouge, puis la main. Alors, le jour nous surprend et on revient à la lumière. On prononce le mot *vivante* pour s'installer au milieu des choses. Dire, oui, cette femme qui tourne les yeux vers la fenêtre, c'est bien moi. Dans quelques instants, j'accepterai de me redresser, je poserai les pieds sur le bois verni. De nouveau, je serai debout. Comme s'il s'agissait d'une évidence.

Mais parfois le matin nous prend dans sa douceur, le ciel déjà arrondi, la tête musique, la tête paysage et on se lève sans hésiter. Sur le parterre, les pivoines s'entrouvrent, l'été s'est incrusté un peu plus. On chasse un mainate qui se dispute avec un merle, on n'imagine pas d'autre danger. Pendant quelques minutes, on a huit ans.

Je plongeais la tête sous l'oreiller quand j'entendais maman pousser la porte. Comme une autruche, je jouais à enfouir ma tête dans le sable, je sentais presque les grains tièdes contre mes joues, mes lèvres, dans le pavillon de l'oreille. *Allons, allons, sept heures, il faut vous préparer, les filles.* Toujours la même phrase, la même intonation. Le même entrain, un peu mécanique. Dans son lit, tout à côté, ma petite sœur Noëlle pouffait de rire. Philippe était entré, il la chatouillait de ses mains pleines de confiture. Il essayait de monter dans le lit, mais maman le prenait dans ses bras et le ramenait dans la cuisine pour le débarbouiller.

J'inventais une histoire en enfilant mon uniforme bleu et blanc. T'ai-je déjà dit?

Ce matin, la journée débute où la nuit l'a laissée. Tout à son chaos. J'espérais, je crois, un miracle. À mon réveil, les livres, les boîtes de vaisselle, les vêtements, la literie, tout aurait trouvé sa place. J'aurais eu du temps pour lire. Pour continuer ma traduction? On ne sait jamais en se réveillant quelle consistance prendront les mots sur la feuille quadrillée.

Je n'arrive pas à terminer mon livre. Depuis ton départ, j'accumule des montagnes de notes, certaines images me viennent, mais elles ne trouvent pas leur place dans la phrase, elles se ramassent sur elles-mêmes, elles hoquettent. Comment t'expliquer, à toi qui te bats tous les jours contre la résistance des matériaux? Mais j'ai un prétexte. J'emménage. Faut-il abattre les cloisons entre la cuisine et la salle à manger? Ou faire agrandir la salle de bains, trop petite, toujours trop petite dans les constructions datant des années trente? Oui, un prétexte.

Et puis il y a les hasards, les journées qui nous entraînent ailleurs, dans des mondes imprévus. Un téléphone, un ami qui nous rend visite. Un contrat.

On demande quelques heures de réflexion et on accepte. Est-ce qu'on peut se permettre de dire non quand on est pigiste? La prochaine fois, on offrira le travail à une autre.

Certains jours, la roue s'arrête sur un chiffre chanceux. L'éclat doré du soleil, le feuilleté des croissants, un poète étranger qu'on a découvert dans une librairie, une chanson qui nous émeut, et voilà que les mots se donnent, la lumière nous aspire. C'est cette réalité-là qui me ravit, celle qui glisse à travers les ombres.

À onze ans, je rêvais d'une vie d'extase, le soir, au mois de mai, quand je revenais de l'église, la tête encore remuée de cantiques et d'encens. Seule. Sans Noëlle, sans Philippe ni François, le petit François arrivé par surprise, chuchotait maman au téléphone. *Lui on l'a trouvé dans les choux*, avait-elle répondu à Noëlle qui l'interrogeait. *Dans les sous, dans les sous*, avait repris Philippe en montrant la tirelire rose sur la commode. Maman avait souri, mais elle n'avait rien ajouté, l'énigme restait complète. Et pourtant, je savais qu'il y avait une vérité dans sa réponse. Son ventre s'était gonflé jusqu'à devenir une serre toute ronde et François en était sorti, une nuit, comme un arbuste trop à l'étroit. Mère nourriture, mère jardin.

Moi, je n'aurais pas d'enfants. Pas de bains à donner, de petites maladies à soigner, de repas à préparer. Quand je serais grande, je vivrais une vie de passion, à l'exemple des héroïnes de romans. Toute l'existence contenue dans le verbe aimer, voix active voix passive, passé présent futur, futur simple, futur antérieur, futur du passé. Au moment de ma mort, je demanderais qu'on inscrive sur mes paupières le mot *amour*.

Chapitre deux

J'essaie de comprendre.

Il m'aurait peut-être suffi de peu pour devenir cette infirmière vêtue de blanc qui avance lentement, déjà fatiguée de la chaleur du jour à peine entamé. Ou cette femme qui passe devant la maison en trottinant, pour suivre le rythme de son enfant. Dans une vie, il peut surgir une autre vie, à l'improviste, et la première se dérègle, elle nous fait la guerre, jusqu'à l'épuisement. Quand on retrouve un certain calme, on ne se reconnaît plus. C'est ce qui t'est arrivé, tu n'as pas pu te défendre.

J'attends. Tous les matins, j'attends. Avant la tournée du facteur, impossible d'entreprendre quoi que ce soit. Un café et je m'assois à ma table de travail, devant la fenêtre. Par moments, je me laisse distraire. Dans la pièce, le coup d'œil est joli. Derrière les bibliothèques, le mur d'un orangé très pâle, je suis contente de l'effet, et puis le fauteuil fleuri, acheté en solde, et cette table basse, en noyer, sur laquelle j'ai placé le vase bleu que tu m'avais rapporté de Singapour. Un mois seulement et tu m'avais manqué jusqu'au vertige. Mais tu revenais, amoureux, et la chambre s'illuminait de nouveau. Nous serions toujours ensemble, c'est ce que tu disais. Et je te croyais.

Pas de nouvelles de toi. Depuis six mois, rien. Tu pourrais t'être égaré dans une jungle sans fond, te retrouver entre les mains d'un groupe terroriste, tu pourrais être mort. Ou avoir trouvé un bonheur nouveau. Je te vois tour à tour avec un casque d'explorateur, un bandeau sur les yeux dans un cachot grouillant de vermine, ou parfois les cheveux au vent, le regard illuminé.

Un matin, il faudra bien qu'il y ait une lettre de toi dans la boîte, je m'acharne à me le répéter. On ne peut pas effacer dix ans de cette façon, la vie n'est pas une tablette magique.

Pour Noëlle, je dessinais de grandes maisons, tu sais, avec des fenêtres, et puis je décollais la feuille plastifiée et tout disparaissait. Mais j'avais appuyé sur le crayon et la maison restait imprimée sur le canevas en dessous, elle se superposait aux arbres, aux oiseaux, aux chats, aux fillettes qui dansaient à la corde et aux mamans qui les surveillaient. Cela formait un étrange paysage, que j'arrivais pourtant à déchiffrer. Aucune image n'était effacée.

Il me semble que tu dois être encore ému en pensant, ne serait-ce que quelques secondes parfois, à ma voix qui s'éraillait lorsque je me mettais à rire. Il me semble. Maintenant, je remarque une sorte de tremblement dans ma voix, quand je ne fais pas attention. Mais tu ne l'entendras sans doute jamais.

Chapitre trois

À l'intérieur de la poitrine, il y a ce muscle où s'accumulent nos désespoirs, la tape de papa à quatre ans parce qu'on avait brisé un bibelot de porcelaine, la punition qu'on avait reçue injustement à l'école, et puis les échecs, les amitiés déçues, les chagrins d'amour. Les chagrins d'amour. Tout cela fait une boule, une boule dure qui, avec le temps, pèse de plus en plus lourd sur le cœur et nous empêche de respirer. On a beau dire, c'est le lot de l'humanité dans sa faiblesse, mais personne ne peut nous consoler. Chaque chagrin est le seul au monde.

Je n'avais rien vu venir. Peut-être de petits indices de fatigue quand tu rentrais à l'appartement, après ta journée. Tu m'embrassais distraitement et tu t'enfermais dans ton bureau. *Tant de travail*, répétais-tu pour t'excuser.

Quelquefois, je te demandais si je pouvais aller te rejoindre, je ne te dérangerais pas. Je voulais simplement m'asseoir près de ta table, me sentir près de toi, tes sourcils froncés, l'odeur de ta cigarette, et cette façon de te gratter derrière l'oreille gauche avec ton crayon quand tu cherchais la solution d'un problème. Tu faisais des retouches au plan d'un musée, il fallait penser aux coûts.

La réalité, quelle misère! Ta voix, rauque. Et puis le désordre de la pièce. La fougère disparaissait derrière les piles de revues scientifiques, tu cherchais constamment tes papiers, mais tu arrivais toujours à les retrouver, dans une bibliothèque, en dessous d'un cendrier rempli ou sur le tapis persan élimé, un souvenir d'étudiant. Sur le babillard, des photos de nos dernières vacances me renvoyaient des images de notre amour. J'étais rassurée.

Je n'ai rien vu venir. Ta voix au téléphone était neutre cet après-midi-là, du moins il me semble. Tu me proposais de te rejoindre au restaurant, je n'ai pas senti le piège. Une soirée avec toi, depuis combien de temps déjà? J'ai enfilé ma robe noire, celle que tu préférais, et j'ai décidé de partir immédiatement, je n'arriverais pas à transcrire une phrase de plus. Même novembre était beau sous le crachin. Je marcherais jusqu'au métro.

Sur le quai, un homme dépenaillé faisait les cent pas en gesticulant. C'était jour de malheur, criait-il, mais autour de lui, les gens se pressaient sans lui porter attention. J'ai eu le cœur serré, je ne m'habituerais jamais à la détresse. Puis la rame est arrivée. Je suis montée dans le wagon et j'ai oublié.

Les émotions, les sentiments, les images, tout cela va et vient comme une marée houleuse, et je risque d'être emportée. Alors parfois j'oublie. C'est seulement peu à peu que j'ai réussi à rétablir le fil des événements. Ton arrivée, le dry martini que tu as pris en apéro, et puis ce balancement nerveux de la jambe gauche lorsque tu as commencé à me parler. Rien n'allait plus, tu avais besoin de changement. Tu venais d'accepter ce contrat au Brésil. J'ai dû poser

une question naïve, quand tu comptais revenir, par
exemple, est-ce que je pouvais vraiment comprendre? Tu as marmonné entre tes dents, *Je crois que je ne
reviendrai pas.*

Les tables se sont mises à tourner autour de nous,
et puis ma tête. Impossible de me lever. Je restais
clouée sur cette chaise et pourtant je devais fuir, fuir
le plus rapidement possible ce lieu encombré de fausses plantes et d'actrices italiennes, Lollobrigida,
Sophia Loren, et d'autres encore, dans des poses insistantes, qui les imitaient. Justement, le garçon arrivait
pour prendre la commande. Je lui ai dit, *Aidez-moi, je
vais m'évanouir.*

Complet, cravate, chandail, blouson de cuir, je n'arrive pas à me rappeler ce que tu portais ce soir-là, je
n'y arrive pas. Je suis sortie, en titubant, sans prendre
mon manteau. J'ai hélé un taxi, j'ai donné machinalement notre adresse. Je n'avais qu'une idée, me recroqueviller dans le lit, sous les couvertures.

Tu ne m'as pas suivie. Tu es resté là, devant les actrices italiennes. Tu m'avais déjà quittée.

Chapitre quatre

L e ciel est trop bleu aujourd'hui, d'une écrasante perfection, et cela me renvoie à ma fragilité, les épaules un peu courbées, les cernes sous les yeux.

Sont cachés les nuages, Emma ? disait Noëlle de sa voix inquiète, en délaissant un instant sa pelle, dans le carré de sable. Où étaient cachés les nuages, je lui faisais chaque fois une réponse d'aînée. Derrière le soleil, sous les arbres, dans le jardin. Alors, elle pouvait terminer sa construction.

Noëlle, cette peur de tout, du vent, du noir, des fantômes, on ignorait pourquoi. Avait-on l'air de deux sœurs nées à vingt-trois mois d'intervalle ? Elle, châtaine et rose, la pâleur presque irréelle de son regard, ce sourire mélancolique. Une enfant avant terme, qui n'avait pas su s'accrocher aux parois du ventre. Moi, brune, robuste pour mon âge. Je croyais que la vie serait une enfilade de joies et de châteaux, avec des ponts-levis qui nous protégeraient au bon moment. Même la menace se ferait rassurante, une menace propre, prévisible, le dragon qu'on abat d'une flèche seulement.

Maman savait pour Noëlle. Moi, non. Je n'étais pas encore capable de prédire l'avenir. J'ai commencé après le drame, je veux dire, après la disparition de ma sœur. Pour essayer de lire dans le tarot ce que personne n'arrivait à comprendre.

Juste avant le congé des Fêtes, Bénédicte était arrivée au collège avec un petit paquet enrubanné de rouge. En amie fidèle, elle s'était assise à notre table, à la cafétéria, comme tous les matins. Elle avait posé le cadeau devant moi. Les mains tremblantes, j'avais enlevé délicatement le papier couvert de clochettes et de gui, j'avais ouvert la boîte de carton, étalé sur le formica toutes ces cartes dont je n'arrivais pas à lire la signification. Bénédicte non plus. Mais dans la boîte, nous avions découvert une feuille, avec des explications.

La cloche avait sonné, mais nous ne l'avions pas entendue. Les vacances avaient débuté, ce ne serait pas tout à fait l'enfer, les yeux gonflés de maman, le silence obstiné de papa, les mauvais coups de Philippe ou de François qui réclameraient un peu d'attention. Le lendemain, j'avais déniché un manuel d'interprétation du tarot à la bibliothèque municipale. J'aurais deux semaines entièrement à moi. Quand je reviendrais au collège en janvier, je saurais tirer aux cartes.

Sors ton jeu de tarot. Bénédicte vient de me téléphoner. Elle est de retour, contente de ses reportages en Amérique du Sud, elle viendra cet après-midi. J'étendrai les figures sur la table comme je l'ai fait si souvent pour elle, l'Étoile, le Monde, la Tempérance, tant de succès fous que je lui ai prédits. Combien se sont réalisés ? Aucune importance. À chacune de nos rencontres, elle me consulte, c'est notre vieux lien à nous.

J'ai perdu mon don de voyance. Je ne sais pas si je le lui dirai. Je ne vois plus que la place des choses dans la maison. Je range, les manteaux d'hiver dans la garde-robe du couloir, la porcelaine anglaise dans le vaisselier, tes affaires, toutes tes affaires dans une pièce fermée, au premier. Parfois, j'entrouvre la porte, je jette un coup d'œil. Ta chaise pivotante, ton bureau plein de boîtes de livres, l'odeur de fumée persiste, alors tu recommences à exister.

Cet amour, je ne l'ai pas rêvé. Il me semble que je n'ai pas rêvé. Mais il subsiste un doute, même quand je regarde nos photos. Une partie de ma vérité s'est détachée de moi, elle flotte, inaccessible dans l'espace, et je m'acharne à la rattraper. J'ai peur. Voilà ce qu'il me reste. La peur, le vent. Je m'accroche au sol pour ne pas m'envoler. Je suis devenue comme Noëlle. Un corps vidé.

Chapitre cinq

Tu restes pour moi la petite fille aux oiseaux.
Tu adorais la maison, les boiseries, les planchers qui craquent, l'escalier de chêne, et puis l'érable rouge devant la façade, et les écureuils, et l'hirondelle, son nid caché dans le lierre sur le balcon. La petite fille aux oiseaux, tu disais cela en m'embrassant. En ouvrant les yeux, je souriais. J'ai étiré le bras vers le réveil, dix heures, est-ce que le sommeil m'était revenu ?

Rémission, le mot s'est imposé pendant que je préparais le café. Je l'ai prononcé plusieurs fois en détachant chaque syllabe et je suis montée chercher le dictionnaire. Affaiblissement, diminution temporaire du mal. Accalmie, apaisement, pause. Répit.

J'ai retenu *temporaire*. La douleur allait réapparaître. Mais qu'importe. Autour de moi, c'était l'éclat du silence, et à travers le silence, des grappes de lumière qui dansaient. J'ai souri, encore une fois.

J'ai meilleure mine, a trouvé Bénédicte dès son arrivée. Je voulais lui raconter mon rêve, mais pas immédiatement. D'abord lui faire visiter mon nouveau refuge. À chaque regard, elle s'exclamait, en levant les bras, vraiment une aubaine cette maison, comment est-ce que je l'avais trouvée ? Eh bien ! une petite annonce, cette femme âgée, Madame Girard, qui veut vendre rapidement, son mari vient de mourir et son fils est inquiet, trop de pièces à entretenir quand on vit seule. Trop de souvenirs aussi. Elle pleurait chez le notaire. Sa maison, j'en prendrais grand soin, je le lui ai juré.

Je n'avais raconté à personne cette anecdote, je n'en avais même pas eu l'idée. Je l'ai dit à Bénédicte. *Tu te complais dans ta solitude*, voilà ce qu'elle a répondu. Elle vous lance des couteaux au visage sans se soucier des risques de blessure. Les mots ne l'atteignent pas, ils forment autour d'elle de petites bulles qui se perdent aussitôt dans l'air. Elle ne sait pas à quel point ils peuvent devenir durs quand elle les projette d'un ton sans réplique. De la tristesse se répand sur le mur, mais Bénédicte fait aussitôt une remarque sur sa maladresse et le mur redevient blanc, lisse et blanc. Elle a ce don-là, se faire pardonner sans s'excuser. On pardonne. À cause de sa générosité. Au collège, c'est elle qui avait trouvé les bons mots. Je n'oublierai jamais son attitude après la disparition de Noëlle.

Aujourd'hui, ce souvenir de l'Équateur, une nappe superbe, toute ronde, couleur écru, un cadeau qui me porterait bonheur, a-t-elle précisé devant mes exclamations. La vendeuse, une marchande aux mains parcheminées, le lui avait promis. Et cette musique qui emplissait la salle à manger, un souvenir d'un précédent voyage.

J'ai étalé les cartes sur la table. Elle me posait dix questions en même temps, je trouvais des réponses pleines d'espoir, de nouveaux projets, des amours. Elle riait, se confiait, me demandait s'il fallait aller brasser la sauce. La cuisine embaumait le thym et le basilic, j'avais préparé un repas, le potage, le plat principal, le dessert. La maison était habitée. À nouveau. Elle entrait à nouveau dans le cycle des saisons.

Chapitre six

De la fenêtre de la cuisine, on aperçoit, en étirant un peu le cou, un morceau gris noir, teinté de rose. Les lumières s'y jettent comme dans un lac, et nous cachent les étoiles. Ce n'est pas un firmament, à peine un petit carré, mais un ciel tout de même, il nous fait lever les yeux un moment.

Dix heures. Bientôt la voisine appuiera son énorme poitrine sur les barreaux du balcon, puis j'entendrai sa voix chaude, veloutée. Et je me laisserai bercer. Dix heures, tous les soirs, la même complainte en espagnol. La tristesse traverse toutes les langues.

Jusqu'à la tombée du jour, aucun bruit, les rideaux restent fermés. Puis au crépuscule, la maison s'anime. On peut voir sortir la femme, les cheveux poivre et sel tirés en chignon, elle étend sur la corde des robes fleuries, gigantesques, en coton bon marché. Et des pantalons d'homme, des chemises à carreaux. Le mari sans doute, mais je ne l'ai encore jamais vu. Ensuite, elle descend les marches, un racloir à la main, et elle se dirige vers le jardin. Ses gros doigts fouillent le sol, elle arrache les mauvaises herbes, elle replace la terre. Elle fait la toilette de ses fleurs, des roses, des pensées, des gardénias, tout en leur parlant, par onomatopées.

Tous les soirs, je l'écoute. Comme si sa complainte pouvait me guérir. Mais je rêve. Chaque vie, je sais, tourne sur elle-même, de plus en plus vite, jusqu'à ce qu'elle s'éteigne, une nuit, pour toujours. C'est la fin du monde, chaque nuit, pour quelqu'un, mais ce n'est pas la fin. La ville reste la ville, belle et barbare, elle se déploie, et l'horizon, et la rumeur. On continue à respirer. Dans un même souffle se touchent la présence et l'absence.

Parfois je tremble, et je sors, je marche, j'ai besoin de marcher. Ou de courir. Quand nous nous étions disputées, nous nous mettions à courir, nous courions, Noëlle et moi, jusqu'à l'épuisement. Nous nous laissions alors tomber dans l'herbe et nous attendions, immobiles, que le cœur batte moins vite, en cherchant des moutons et des chiens laineux, là, au-dessus de nous, dans l'immensité.

Nous nous prenions la main. Derrière nous, dans un trou d'enfance, nous avons laissé des dizaines de réconciliations, parmi les cailloux blancs et les peluches usées. Nous ignorerions encore longtemps cette vérité, une existence ne touche à une autre que par un tout petit fil.

Chapitre sept

Je tenais à aller te reconduire à l'aéroport. Te voir déposer tes bagages sur le tapis roulant, attendre avec toi qu'on t'assigne une place, section fumeurs, près du hublot. La préposée m'aurait demandé si je m'embarquais, moi aussi. J'aurais fait non de la tête, simplement, sans pleurer. Nous aurions pris un dernier verre, en regardant les employés s'affairer sur la piste. Je t'aurais suivi jusqu'à la barrière de contrôle. Jusqu'au dernier regard possible.

Tu as refusé. Tu ne voulais pas de moi pour conclure notre vie. Dans ta tête, j'avais rejoint les autres femmes que tu avais aimées, cette Dominique, ton premier amour véritable, et puis Judith, ta première femme. Tu m'avais déjà déposée dans un enclos tranquille de ta mémoire.

Cette désinvolture quand tu me parlais de Judith. C'est ma fourrure à moi, ma seule fourrure que tu voulais sentir, noire, abondante, douce sous tes doigts. Maintenant, il m'arrive d'imaginer une autre fourrure, plus noire encore.

Je n'ai plus le goût de la séduction. Comme maman, après François. Elle avait cessé de se maquiller. Ne portait plus de robes légères, un peu décolletées, qui laissaient percevoir, quand elle se penchait, la courbe des seins. Elle ne retrouverait pas sa taille. Plaisait-elle encore à papa ? Il tentait du moins de la rassurer, *C'est beau, une femme bien en chair.* Elle faisait semblant de le croire, prenait un deuxième morceau de gâteau, une autre tasse de thé. Lisait le journal et commentait les actualités, tout en jetant un coup d'œil à François, dans son parc de bois blond.

J'aimais le moment du dessert, les photos dans le journal, les soldats avec leurs casques de guerre, les politiciens accompagnés de belles dames en robes de bal. Et puis notre cuisine un peu jaunie, le vieux poêle à bois, le tablier de maman et, derrière le renflement de sa poitrine, son cœur endormi.

Au marché, Monsieur Quintal ne lui faisait plus la cour. Cette neutralité de la voix quand il lui demandait si elle désirait autre chose, j'étais tranquille maintenant. Avant, il murmurait en pesant une pièce de viande, *Vous êtes splendide aujourd'hui.* Il appuyait sur les mots et maman rougissait. Dans son œil surgissait une lueur indéfinissable, comme quand papa lui prenait la taille, certains soirs, pour l'embrasser. Une cloche de verre la recouvrait soudainement. J'avais beau tirer sur sa manche, elle ne réagissait pas. Maman n'était plus notre mère, elle avait même retrouvé son prénom. J'entendais prononcer *Aline*, d'une drôle de voix, une voix de gorge, et j'étais inquiète.

Je soulevais Philippe de sa poussette, je le déposais sur le plancher. Petits cris de joie. Il se mettait à courir et on le rattrapait en riant, Noëlle et moi, sous les étals. Autour, les marchands s'impatientaient. Alors seulement elle se souvenait, trois enfants, et l'aînée n'était pas plus raisonnable que les cadets. Elle nous disputait, s'empressait de régler Monsieur Quintal et nous emmenait section fruits et légumes. J'avais gagné.

Bénédicte appelle sa mère par son prénom. Moi, j'en serais incapable. Pas par respect, non, il me semble qu'Aline n'est pas fait pour elle. C'est un prénom qui regarde en avant, il va bien à la jeune fille effrontée qui sourit, sur les photos, en fixant l'œil de l'appareil.

Sur les photos de maman, Monsieur Quintal n'est pas là. Il habite d'autres images, avec une autre femme, d'autres enfants. J'ai eu beau passer des heures à chercher, je n'ai trouvé que la famille. Ici, un portrait de mariage. Là, maman et moi. Puis papa nous tient toutes les deux, les filles. Et plus tard, Philippe, et François qui s'ajoute au tableau, et maman, la tranquillité de sa chair accomplie, heureuse sans doute de ce bonheur simple qui suit le renoncement.

Moi, je ne veux pas renoncer. J'achèterai ma crème aux amandes et de beaux bas fins qui enserrent la cuisse de dentelle. Un jour, j'entrerai dans la maison avec mes jambes et ma peau qui te tournait la tête, tu seras assis sur le canapé, tu m'attendras. Tu m'embrasseras, le visage, le cou, les seins, en m'enfonçant un peu les ongles dans le dos. Je saurai alors que tu es revenu.

Chapitre huit

C'est ici. Une belle rue, large et verte, donnant sur le parc, des chiens musclés qu'on promène en rentrant du travail, des portes de chêne avec des vitraux. Côté est, l'appartement de mon amie Bénédicte, mais il a perdu de son cachet depuis les rénovations.

Il faut faire le geste de sonner. Elle viendra m'ouvrir, m'embrassera. Je passerai au salon où je retrouverai ses collègues, presse télévision radio, j'en ai déjà rencontré plusieurs chez elle lors de réceptions. Je sourirai, je parlerai, je mentirai.

Je suis cette étrangère qui appuie sur le bouton de la sonnette, élégante dans sa robe de soie à la cheville, les cheveux courts, coiffés, bouclés. Personne ne devinera la boule dure à l'intérieur de ma poitrine. Dans deux heures, je reprendrai mon vrai visage, gonflé à cause des larmes qui montent un peu n'importe quand. Pour l'instant, il suffit de me glisser à côté du bourdonnement de l'univers, distraitement.

J'ai à peine le temps d'entrer. On me soulève de terre, on me fait tourbillonner. Vincent. Voilà bien le même Vincent qu'il y a quinze ans. *De retour au pays,* dit-il, *et pour rester.* Il plaisante. À quarante-huit ans, il est temps de savoir ce qu'on veut.

Les yeux de Bénédicte sont d'un noir éclatant, elle en oublie presque son rôle d'hôtesse. Elle fait des projets, cinéma, pique-niques, expositions, et pourquoi pas ce concert d'un vieux groupe rock, la semaine prochaine, pour la nostalgie ? Oui, je veux bien. Mais Vincent remarque un rien d'hésitation dans ma voix.

De toute façon, on t'enlèvera. Vincent a toujours eu le don de me désarmer, comment ne pas rire, tous les muscles de mon visage se relâchent. Il passe son bras autour de mes épaules, *Alors raconte.* Il attend. Je suis une mauvaise élève, je bâcle mes devoirs, je lui parle de n'importe quoi. La maison, la traduction qu'il faudra remettre bientôt, oui je travaille encore à la pige, non je n'ai pas pris de vacances cet été.

Et puis comment est-ce possible, le rosé sans doute, la chaleur de l'appartement ou le bruit, je me mets à lui raconter, presque sans pudeur je lui raconte les derniers événements de l'hiver dernier, l'automne d'abord, la soirée fatale, mes efforts pour te retenir, les Fêtes si lugubres, et le jour de ton départ. Je mets de l'ordre dans ton absence. Je dis tout, même la honte, ne plus être aimée, ne plus mériter d'être aimée, ni d'être bordée le soir avant de m'endormir.

Vincent se moque, *C'est fou, cette idée.* Je sais. Je suis folle et je le sais. Mais un jour, j'espère, chacun de mes gestes aura retrouvé sa légèreté de geste. Je porterai la main dans mes cheveux, je secouerai la tête, je prendrai des poses osées, j'aurai la grâce des femmes qui ont toujours décidé de la durée de leurs amours. Tout à coup, je sais cela.

Mais tu es libre maintenant. Il m'entoure la taille, il exagère son mouvement, il rit, nous rions. La journée se blottit tout entière dans ce rire, qui résonne comme un dimanche.

Chapitre neuf

J e ne m'en sors pas.

Je l'ai avoué à Bénédicte le plus simplement du monde. Elle a rétorqué, *Au moins, tu l'admets. C'est le début de la guérison.* Puis elle a appelé le garçon, d'un geste désinvolte. Il s'est approché de notre table, visiblement impressionné. Était-ce bien elle qu'on voyait à la télévision ? Quels reportages !, qu'est-ce qu'elle préparait maintenant ? Elle répondait, affable, elle bavardait, elle adorait qu'on la reconnaisse. J'étais seule tout à coup dans ce faux pub anglais. Je fixais sur la carte les cent noms de bières exotiques, mais mon regard était tourné vers ce point où se trouve l'origine des blessures, les grandes et les petites, et celles qui s'ajouteraient encore, inlassablement.

Le garçon était reparti. J'allais répondre à Bénédicte qu'on a beau acheter une maison, en repeindre toutes les pièces, on piétine, sur le même carré de terre, sans avancer. Un jour, oui, il faut bien l'admettre. Mais, surprise !, Vincent s'avançait vers nous, rayonnant, quel beau hasard ! Il avait des nouvelles merveilleuses et nous invitait au restaurant. Je n'ai pas soupçonné un instant que cette rencontre pouvait avoir été organisée à mon insu.

J'ai proposé un restaurant indien, où je n'étais jamais allée avec toi. La musique orientale, les bouquets séchés, les nappes de coton à carreaux rouges et blancs, les villes colorées sur les murs, il y avait là une ambiance quartier latin qui, j'en étais sûre, nous plairait. Nous nous retrouverions, pour quelques heures, dans un passé brodé de fleurs, de paix et de vieilles amours.

La nostalgie, c'est Vincent qui l'a ramenée le premier. Il a baisé la main de Bénédicte, pour lui montrer qu'il se souvenait. Trois belles années ensemble, le désir fou, les promesses. Puis ce qu'on appelle l'usure, comme pour les draps, on se réveille un beau matin étonnés d'avoir dormi aussi longtemps dans un même lit. Rupture sans drame, Bénédicte acquiesce, on avait réussi à rester amis.

Et Martin? Longtemps que je n'avais pas vu mon premier amant. Récemment, j'étais tombée sur un article signé de son nom, dans une revue d'histoire. Je l'avais lu d'un trait, malgré la langue savante, pour essayer de retrouver quelque chose de sa manière, un mot, une expression qui m'aurait rappelé un geste, sa main dessinant des volutes en parlant, ou ses dents, leurs petites morsures dans le lobe de mon oreille. Mais rien ne m'était revenu, aucune émotion, jamais je n'aurais pu croire que nous avions passé cinq ans ensemble. Sous la lampe, une ombre étrange, une longue cicatrice on aurait dit. J'avais refermé la revue, je l'avais rangée dans la bibliothèque de pin, celle qu'il m'avait offerte pour mes vingt et un ans. Celle où je plaçais les livres que je ne garderais pas.

Vincent a rempli les coupes. La rumeur montait, il fallait forcer la voix. Je me suis retournée. À côté de nous, deux jeunes filles blondes avaient déplié une carte géographique et discutaient dans une langue gutturale. J'ai revu Noëlle, la pâleur de la plus blonde peut-être, une sorte de résignation qui aurait pu passer pour de l'angélisme. Bénédicte aussi. Un instant, nous avons été séparées de Vincent, complices dans un même savoir du monde, cette sorte de savoir, tragique, qui pend au bout de nos yeux. J'ai pensé, nous avançons à tâtons dans le noir, sans comprendre. Nous avons envie de fuir, mais nous ne fuyons pas.

Toujours rien ? Vincent se rappelait à nous. Il n'avait pas connu Noëlle, mais il avait entendu cent fois au moins son histoire. Elle s'était évanouie un soir de novembre comme un fantôme dans le brouillard, et depuis, rien. Depuis plus de vingt ans, rien de rien. Pas de solution à l'infini du rien, Noëlle n'avait peut-être jamais existé. J'avais dû hausser le ton. Quand je me suis tue, les deux jeunes filles blondes m'observaient, d'un air inquiet. J'ai grimacé un sourire. Timidement, elles sont retournées à leur carte.

Il y a des gens pour qui le mot *fin* a un sens, parce qu'ils peuvent remonter le fil des événements. Des gens tristes mais tranquilles. À l'horizon se dessine le petit cercle du commencement. J'ai revu le visage de Noëlle. Peut-être fallait-il des blessures inguérissables pour arriver à traverser les autres blessures.

Chapitre dix

Il pleut, une pluie drue, serrée. Une infinité de petites aiguilles se brisent contre la vitre avec un bruit d'automne, et des feuillages détrempés dansent au milieu des mots, sur la table. Je ne parviens pas à me concentrer. Il faudra pourtant remettre cette traduction dans un mois.

La boule dure est là, de nouveau, dans ma poitrine, elle prend toute la place entre les côtes. Mais elle ne m'étreint plus autant. Maintenant, je réussis parfois à l'endormir, je peux alors respirer librement.

Ce n'est pas de la tristesse, non, une peur plutôt, le danger imminent qui risque de tout détruire. La maison, le texte devant moi, le corps, la terre. Je ne bouge pas, surtout ne pas bouger. Ne pas résister. Attendre que peu à peu le monde autour de moi retrouve sa sérénité.

Sur le trottoir, une fillette avec un imperméable jaune et des bottes de pluie joue dans une flaque d'eau. De son balcon, une femme l'observe en lui faisant des signes, elle permet. Envie d'avoir son âge, une mère qui m'envelopperait de son regard. Une mère qui ressemblerait à maman, avant le drame.

C'est elle qui m'a réveillée, ce matin. *Tu dormais?* Je n'ai pas osé lui répondre oui, elle se serait confondue en excuses. J'avais hâte de savoir, pour les vacances. Avec l'aide de sa femme, Anne, Philippe avait réussi à la convaincre, la mer, une maison moderne où elle aurait une belle chambre, et puis les enfants. Intarissable, maman, quand il s'agit de ses petits-enfants! Véronique, cinq ans déjà, ses cajoleries, ses châteaux de sable, et Pascal, qui commence à parler. Elle écorchait les mots pour que je me figure, elle riait aux éclats.

Puis brusquement sa voix s'est cassée. Est-ce que je me souvenais?, Noëlle avait creusé un interminable trou dans le sable, puis la marée montante l'avait recouvert, elle s'était mise à pleurer. Voilà que la scène me revenait, Noëlle inconsolable et moi qui ne comprenais pas.

J'ai donné un prétexte, quelqu'un à la porte, pour raccrocher. J'ai cherché une photo dans mon vieil album. Papa nous avait prises, Noëlle et moi, pelles et chaudières en main. Derrière, maman, en maillot de bain. Elle tricotait des bas de laine pour l'hiver, si chauds dans les bottes, tout en surveillant Philippe qui dormait sur une couverture.

Je n'ai pas trouvé. Mais cette image existait, j'en étais sûre, je ne l'avais pas rêvée. Je me suis aperçue que la boule gonflait dans ma poitrine, avec la marée dans les trous de sable et les photos égarées. La boule raconte des histoires, le passé, son poids de plomb, quand il n'a pas réussi à devenir une habitude. On ne s'habitue pas à l'idée de la disparition, on ne s'y habitue pas.

Chapitre onze

Je ne sais pas pourquoi, je dis *abandon*. Et devant moi apparaît un immense désert, le sable qui s'infiltre dans mes narines, le vent, le tissu du vent qui me recouvre, presque un linceul. Mais Vincent répond *futur* et *espoir*. Le parc retrouve ses coloris, un oiseau passe au-dessus de ma tête, je veux le voir bleu, l'oiseau bleu des présages. Seule l'imagination peut contrer l'effritement.

Sur l'étang flottent des bateaux téléguidés, les enfants s'exercent à prendre le large pendant que leurs parents bavardent un peu plus loin. J'essaie de surprendre des bribes de conversation, mais j'y parviens mal. La ville, avec ses bruits aigus, traverse la chevelure des arbres.

Vincent. Il serre très fort ma main dans la sienne et je répète pour moi seule le mot *espoir*, débordée soudainement, émue de sentir contre moi une autre chaleur.

Quand il m'a proposé une rencontre, j'ai imaginé un contrat, du genre dont on rêve secrètement, un cadeau. Mais voici sa main sur ma paume et je ne veux plus que cela, sa main qui retient la mienne. Je marche à côté de lui, bouleversée, la plate-bande de fleurs trop mauves, les nuages qui s'amoncellent au-dessus de notre tête, plus rien ne m'assombrit. J'entends à peine ce qu'il m'explique. Et puis ces mots me frappent, scénario, un film pour la télévision, j'avais eu de l'intuition.

Je détache ma main de la sienne, je m'éloigne de quelques pas, ma tête est un labyrinthe, je dois trouver la bonne réponse. *Prends tout ton temps pour réfléchir.* Il essaie de me convaincre, comment lui faire comprendre, je suis dans un lieu délaissé par la langue, la langue vivante je veux dire, celle qui danse et chante et pleure. Je ne me retrouve que dans les mots des autres, est-ce qu'il n'aurait pas l'idée d'une traduction ? Mais il insiste, il voudrait un texte de moi, c'est bien ce qu'il veut, travailler sur un texte qui me ressemble.

Il trouve ma main, encore une fois. Cette chaleur. Le corps se rappelle, les nuits au présent, les belles fatigues, les chuchotements. Je baisse les paupières. Je dis oui.

Le scénario commencera sur le vol d'un oiseau bleu.

Chapitre douze

Avant, mon âme devenait parfois si légère que ma chair n'arrivait pas à la retenir, elle s'évadait, elle voyageait et je restais là, dans la pesanteur du monde, à me demander jusqu'où elle se rendrait. Je regardais avec d'autres yeux les objets les plus humbles, une chaise dont il faudrait recoller les barreaux, un abat-jour jauni, un photo-roman.

Tu savais, toi, m'entraîner dans cette sorte de beauté banale, sans effroi. Tu t'approchais de moi, avec la tranquillité d'un homme qui aime depuis longtemps. Tu m'entourais la taille de tes bras, et pour moi c'était la vie vraie, la bénédiction de l'amour. Mais j'ai sans doute tout confondu, le désir et l'amour, l'amour et la répétition.

Et voici que revient le désir, inattendu, comme une robe qui se soulève sous la poussée du vent. Il a suffi d'une main sur ma paume pour que je me retrouve avec des rêves de lèvres sur les seins. En ouvrant les yeux tout à l'heure, j'ai imaginé les doigts larges de Vincent sur mes cuisses. Je me suis caressée, doucement, jusqu'à ce que la lumière explose dans l'angle de la fenêtre. Les particules de poussière virevoltaient, on pouvait voir la chambre, entièrement prise dans ce beau désordre.

J'ai aimé cette vision, le désir qui crée un mouvement infini, le cercle du temps qui s'ouvre sans nous broyer. Je suis allée chercher une tablette, une plume et de l'encre mauve, je me suis installée dans le lit, avec un tas de coussins.

Je ne sais rien de mon scénario, mais je vais le commencer, ici, dans mon lit, par ce rien, pour essayer de saisir la minute exacte où la vie nous reprend, la perte qui se transforme en fiction.

Un jour, je pourrai décrire ton odeur poivrée sans qu'elle me manque. Et juillet, grandiose même dans l'étroitesse d'un jardin.

Chapitre treize

Vous ne savez vraiment pas où se trouve votre mari ?

Je n'ai pas répondu. J'ai fixé le mur du salon, sans tableaux, sans affiche aucune, le mur vide. Dans la ruelle, on entendait les aboiements d'un chien et cela rendait mon silence presque décent. Ton collègue m'observait discrètement derrière ses lunettes de corne, je sentais sur moi son regard décontenancé. On n'en savait pas plus que moi au bureau. Mais l'idée ne me consolait pas.

J'ai surpris un sentiment de pitié sur ses lèvres, je n'ai pas supporté. J'ai crié d'une voix sans réplique, *Sortez*, en montrant la porte, comme dans les pièces de théâtre au collège. Il a eu peur, je crois, il a ramassé très vite sa mallette en oubliant son carnet, j'ai entendu la porte claquer. Je me suis mise à trembler.

La journée m'avait glissé entre les doigts, elle me laissait là, au milieu du salon, aussi nue que le mur. Et puis la pièce s'est remplie, des policiers, tous les policiers qui avaient défilé chez nous après la disparition de Noëlle, on ne finissait pas de me poser des questions, les mêmes toujours, tandis que j'essayais de me souvenir, un détail, un petit détail, oui, Noëlle connaissait cet homme, il venait depuis quelques semaines déjà au centre de loisirs, très beau, le teint basané. Oui, ils avaient dansé ensemble à plusieurs reprises, il la serrait contre lui, les dernières semaines elle avait un peu changé. Non, je ne me suis pas aperçue tout de suite de son absence, je dansais moi aussi, avec un garçon roux de mon âge, banal à côté de l'amoureux de Noëlle. Personne ne trouvait suspect qu'un homme d'une trentaine d'années vienne passer la soirée avec des adolescentes ?

Dans son fauteuil, maman, ses petites poches sous les yeux, ses paroles qui essaient de raviver l'espoir. Peut-être s'agit-il d'une fugue, une simple fugue, Noëlle réapparaîtra un beau matin, fatiguée des marques de baisers dans le cou.

Mais les policiers s'acharnent. *Essayez de vous souvenir.* Encore une fois le jour s'arrête, je dois faire un effort, entrer dans la fiction de ma sœur, les mots doux échangés dans la pénombre, les mains qui s'effleurent et les promesses. Je suis Noëlle Villeray, un inconnu me demande de le suivre. Je ne détourne pas la tête vers ma sœur aînée qui danse avec ce garçon roux, je fais comme si elle ne me regardait pas quand je franchis la porte. Je me dissous dans la nuit. Et l'enfance se referme tel un livre.

Mais bien vite j'ai repris mon rôle à moi, Emma Villeray. Ma vieille histoire s'accroche à mes épaules, je n'ai pas appris à oublier. Oublier. Je me suis vue, au milieu d'une scène, en train de saluer, avec Noëlle et cet étranger. Et toi. Et une femme, dont la silhouette m'apparaissait pour la première fois. La femme de São Paulo.

Je me suis assise. Tout autour de moi se désintégrait, c'était un autre drame et pourtant une étrange tranquillité baignait les choses. J'étais émue, je ne sais pas pourquoi.

Chapitre quatorze

Il voulait me voir. J'ai demandé à Vincent s'il s'agissait du scénario, il a dit non, il voulait me voir, moi. Mon oreille distinguait les syllabes, mais les sons refusaient de se transformer en mots. Comme quand on a peur. Une peur pleine de fuites et de questions sans réponses. J'ai caressé le chat de porcelaine que tu m'avais offert, je cherchais un rempart de matière entre lui et moi. C'est lui qui a brisé le silence. *Sept heures, entendu ?* J'ai répondu oui, une hésitation dans la voix.

En raccrochant, j'ai remarqué la lumière sur ma table, par petites taches blanches, on aurait dit des pétales de marguerites, comme dans la comptine, je me marie, je ne me marie pas, je fais une sœur. Noëlle avait mis du temps à comprendre. *Une sœur comme toi, Emma ? Non, Noëlle, une sœur en noir, avec une croix.*

Croix de fer croix de bois. Sur le monument de papa au cimetière, maman avait fait graver le prénom de Noëlle et sa date de naissance. Un jour, si jamais on retrouvait le corps, on compléterait l'inscription. Moi, je n'y croyais pas. Dans ma tête, il y avait une fosse qui ne se refermerait pas.

J'ai ouvert le cahier rouge, à la couverture brodée, que j'avais déniché dans une boutique perdue, un coup de cœur. Sur la première page, en plein centre, j'ai écrit en majuscules mon prénom, puis *Noëlle*, puis le tien. *Jérôme*. Longuement, je l'ai regardé, ouvert, vide parmi les pétales de marguerites et mes intentions. Il faudrait bien qu'il y ait un jour quelques certitudes, même dans une fiction cousue de fils blancs, une histoire qui se terminerait avec des morts bien rangés dans des cercueils qu'on recouvrirait de terre et d'herbe verte. De belles dépouilles, embaumées, habillées de satin, maquillées, qui dormiraient d'un autre sommeil que le mien. Pour l'éternité.

J'ai retourné le cahier. À la dernière page, j'ai inscrit *The end*. Un jour, j'aurais terminé mon scénario. Je ne me sentirais plus obligée de porter du noir.

Chapitre quinze

Je voudrais que Vincent soit près de moi, maintenant. Je voudrais qu'il ne vienne pas. J'attends. Je me retrouve devant une réalité intraduisible et j'attends. Je ne sais pas encore jusqu'où j'irai. Peut-être plus loin que ma retenue, là où le cœur se met à cogner dans sa cage. Jusqu'à la demande.

Chez ma voisine, rien. Depuis quelques jours, rien ne bouge, les rideaux restent tirés, les mauvaises herbes envahissent le jardin. Par moments, à travers les cloisons, on croit entendre des sanglots entrecoupés de prières. Je me dis, peut-être un drame de plus dans la ville.

C'est lui. Vincent arrive, les bras chargés, légumes, pâtés, fromages, vin, il veut que nous préparions le repas ensemble. Après, nous pourrons choisir un spectacle. La soirée se met en place, doucement. Cela devrait me faire plaisir. Mais un homme se déplace, circule autour de la table, ouvre le réfrigérateur, prend le saladier de bois. Pour la première fois dans cette maison. Il laissera ses empreintes. Puis elles seront peu à peu recouvertes par la saleté, l'huile des aliments. Ou d'autres empreintes d'homme. Un jour, toutes les marques seront effacées.

Il a vu tourner mon sourire, il désire une réponse simple. Et pourtant aucune phrase ne pourrait convenir. Je hausse les épaules, l'air de dire, *Ne fais pas attention*, mais il s'approche. Je baisse les paupières. Les mots ne viennent pas, ils n'existent sans doute que sous forme de gestes, prendre sa main, la serrer très fort, la garder dans la mienne. Ensuite d'un doigt, dessiner un à un les traits de son visage, les yeux le nez la bouche, pour qu'il sente ma peur. Le laisser détacher les boutons de ma chemise et regarder mes seins dans un rayon de soleil.

Non, les mots ne viennent pas quand il m'emporte dans la chambre. Ils ne viendront pas. Nous sommes dans le silence absolu, nous avançons vers un espace d'aveuglement, nous entrons dans un rituel qu'il nous faudra réapprendre.

Le lit me reçoit. Ce n'est pas le même lit qu'avec toi. C'est le même lit. Celui de la crucifixion, les bras tenus par de longs clous qu'on enfonce dans la chair, la lente agonie, puis une vie, violente, dévastatrice, qui fait s'envoler très loin les tombeaux.

Ses doigts sur mes seins. Sur mon ventre. Ses doigts, il me lèche, nous nous apprivoisons lentement à cette vérité neuve, d'autres mains que les tiennes qui s'enfoncent dans ma chair, des doigts larges, patients, qui luttent contre ta présence. Je me laisse dévaster. Incapable pour l'instant de réagir. Enfouir mes narines dans ses aisselles, passer doucement mon index sur son gland, avancer ma bouche vers sa chair.

J'attends la mort, les yeux brouillés de larmes. Viens, enfonce-toi en moi, prends-moi, je te veux dur à en crier, défonce-moi, mêle ton sperme à celui de

Vincent, emplis-moi pour une dernière fois. Puis tu quitteras la chambre. Je ne me retournerai pas, je regarderai Vincent, vos deux corps séparés, vos corps à jamais différenciés.

Vincent sait, nous savons. Il dit, pour me rassurer peut-être, *Je suis amoureux de toi, je crois.* Il pose sa main sur ma bouche, il n'attend pas de réponse. Pas maintenant.

Chapitre seize

C'est une autre ville qui entre par la fenêtre, aujourd'hui, un fouillis de sons tamisés, apaisés, sanctifiés. J'ignore l'heure exacte, neuf heures trente ou dix heures. Vincent vient de partir, un rendez-vous. La place vide, à côté de moi, occupe tout l'espace, mais le lit ne m'apparaît pas démesuré, il a retrouvé ses proportions humaines, sa sueur, ses minuscules fleurs de sperme sur les draps pourpres. Je suis assise dans un lit qui, on dirait, n'a jamais connu les adieux.

Sur le mur devant moi défilent des personnages, ils obéissent à une curieuse logique. La femme ne veut pas offrir son ventre et pourtant elle l'ouvre, elle le donne, elle se laisse profaner. Elle en ressent une joie qu'elle ne parvient pas à nommer. Son corps est habité, elle livre un combat qu'elle ne veut pas gagner, cela justement, le désir, consentir à perdre, le bleu dans la nuit, quelques étoiles que la douleur n'a pas réussi à effacer, de petites audaces.

Le lendemain, on ne sait plus quel rôle on tient dans l'histoire, le jour est déplacé.

Avec toi, j'ai su immédiatement, mais j'embellis sans doute, tu semblais si égaré lors de cette réception.

Est-ce toi qui es venu vers moi? Ou moi vers toi? Qu'importe, très vite nous nous sommes retrouvés, face à face, tu as murmuré, *C'est si rare*. J'ai fait un signe, oui. Émue. L'essentiel avait été dit, j'attendais tes gestes. Nous avons pris nos manteaux. Dehors, c'était la tempête, les automobiles dérapaient, nous avons marché jusqu'au fleuve. Puis nous sommes rentrés chez moi, dans la chaleur, la pénombre, le flou du soir.

Tu ne m'as pas parlé de ta femme. Judith n'existait pas encore pour moi ce soir-là. Je ne me suis pas demandé pourquoi tu ne voulais pas dormir dans mon lit, je n'ai pas posé de questions. Tu as dit, *Je vais partir*, et tu es parti, je me suis laissée aller au sommeil, j'ai rêvé, tu cueillais une branche de lilas, tu me l'offrais. Au moment où j'avançais la main pour la prendre, elle devenait une broche que tu accrochais à ma blouse.

Je n'ai pas fait de rêve la nuit dernière, du moins, pas comme celui-là. J'ai mis un temps fou à m'endormir. C'est ce que je souhaitais. Entendre les bruits dans la ruelle, sentir le souffle de Vincent sur ma joue, regarder le plafond comme un ciel brouillé. Penser à toi. Tu dormais sûrement à São Paulo. Cette femme à tes côtés. Connaît-elle mon existence?

Quelques jours plus tard, j'avais insisté. Une nuit, une nuit ensemble, pourquoi me la refuser? Tu n'as pas parlé tout de suite. Puis les mots se sont détachés de leur bloc de silence, ils sont tombés sur moi, pêle-mêle, tandis que j'essayais de me protéger. J'ai entendu, *Ma femme*, ensuite, *Étienne, si petit encore*, et ce refrain, *Désolé, je suis désolé*. Je me suis tournée pour que tu ne voies pas mon visage. Dans mes yeux, les bougies s'étaient éteintes, mais je ne pleurais pas. Comment es-tu venu à bout de ma colère, comment as-tu réussi à me convaincre ? Cet amour, notre amour, t'avait pris au dépourvu, il fallait du doigté, huit ans déjà, la même compagne, la même tendresse.

Il a fallu supporter les soirées seule, le temps découpé au couteau, par petits morceaux. J'ai accepté. Quand tu es arrivé à l'appartement un soir, quelques mois plus tard, avec tes bagages et tes tablettes à dessiner, je me suis félicitée de ma patience.

Vincent m'a serrée très fort avant de s'en aller. Entre ses bras a surgi quelque chose de plus précis que des promesses, une confiance large et joyeuse, une pièce claire où s'agite le soleil. L'envie de me laisser porter. Je ne sais pas si j'ai raison.

Tu dors encore. La femme est belle à tes côtés. Tu ne lui as pas parlé de nous. À quoi bon, puisque je n'existe plus. Tu dors. Tu es à São Paulo. J'en ai décidé ainsi. Il me faut des convictions.

Chapitre dix-sept

J'essaie de croire qu'il n'y a pas de passé, seulement un avenir tout rose qui veut nous emporter. Avec Bénédicte, parfois, j'y arrive, on y arrive avec les vraies amies. Elle marche, elle bouge les bras, elle rit comme si personne ne lui manquait. Aussitôt terminées, ses amours sont enfermées dans des placards, elle ne regrette pas. Elle pleure un peu, elle se console. Le jour recommence, c'est un don, on dirait. Elle dit, *Il faut se souvenir de la femme de Loth.*

Dans mes placards à moi, rien n'est classé une fois pour toutes, les portes ferment mal. Il reste toujours une petite fente pour regarder de l'autre côté.

Le lundi qui avait suivi la disparition de Noëlle, elle s'était approchée de mon pupitre dans la classe, elle avait déposé une petite enveloppe bleue devant mes mains, puis elle était retournée à sa place sans rien dire. J'avais déchiré l'enveloppe, une seule phrase était tracée en caractères déterminés, sur la feuille. *Pas question que tu rates tes examens, nous étudierons ensemble.* Je m'étais tournée vers elle. Elle m'avait fait un clin d'œil, puis elle avait continué ses problèmes de mathématiques. Dans ma tête, j'avais déplacé un peu ma douleur, fait un petit espace pour des livres, des cahiers, un dictionnaire. Et Bénédicte.

Je lui ai téléphoné ce matin. Pourquoi ne pas prendre un verre dans un bar, en fin d'après-midi? Elle m'a invitée chez elle, elle avait découvert une extraordinaire pâtisserie, on ne cuisinerait pas. Je voulais lui parler de Vincent. Je n'étais pas inquiète, non. Entre Bénédicte et Vincent, les sentiments étaient clairs. J'avais plutôt l'impression d'une nécessité, rester le plus près possible des mots vrais. Déjà, je cherchais comment dire, *Vincent et moi*, pour que les sonorités se greffent sur la réalité, si fragile encore.

La vitre de l'autobus encadrait des triplex construits avant la guerre, des magasins de meubles bon marché, des terrains vagues et des stations d'essence. Combien de gens passaient leurs journées dans un décor aussi laid? J'ai détourné les yeux. Devant moi sur le siège, j'ai aperçu, au crayon gras, *Stéphane aime Nathalie*. J'ai souri, prise d'une folle envie, une envie d'adolescente. Personne autour. J'ai fouillé dans mon sac pour prendre un crayon feutre et j'ai inscrit *Vincent et Emma*. J'ai contemplé mon œuvre. L'inscription était bien visible, beaucoup de gens la liraient.

J'ai pensé au verbe aimer. Je n'avais pas été capable de l'écrire et pourtant, c'est le premier verbe que j'avais appris à conjuguer.

Nous avons nos rituels, Bénédicte et moi. Depuis le collège. Nous échangeons les rôles, nous dissertons, *Mesdemoiselles, cette semaine vous allez faire cinq pages sur cette phrase de Flaubert, « Madame Bovary, c'est moi ».* Nous nous racontons nos joies, nos petites catastrophes et les plus grandes, les commencements et, quand la vie se dérègle, nous cherchons à conjurer les démons. Mais je ne suis pas Bénédicte, elle n'est pas moi, les vêtements de l'une ne vont pas à l'autre, les solutions non plus, qu'importe, nous plaisantons, nous nous versons un autre verre. Après la soirée, étrangement, le noir se couvre d'une luminosité rose.

J'ai parlé de toi. Ta couleur préférée, la tache de naissance sur ton épaule gauche, tes colères, le ton avec lequel tu as dit, *Je pars*. Et mes hypothèses, toutes, ton esprit d'aventure, la dépression, ce besoin de relever de nouveaux défis, une maladie cachée peut-être, ma ressemblance avec Judith, la peur de vieillir. Et maintenant une autre femme.

Je ne formule jamais les bonnes questions, comment naît le désir, comment il meurt.

C'est Bénédicte qui a parlé de Vincent. Une intuition ou plutôt, ce silence lorsqu'elle lui avait annoncé ma rupture, déjà. Lors de la réception chez elle, elle avait remarqué une excitation dans ses éclats de rire. J'ai risqué, *Peut-être que le désir débute dans la gorge, ensuite il glisse jusqu'au cœur*. Bénédicte a rétorqué, *Tu confonds encore une fois le désir et l'amour*. Décidément, je n'apprendrais jamais.

Mais elle est ravie pour moi, et je suis sûre qu'elle ne ment pas. Elle dit que Vincent ne te ressemble pas. Depuis le début, elle a vu dans ton regard que tu me quitterais, tu avais quitté Judith. Elle croit à la répétition, Bénédicte, les saisons qui s'accrochent les unes aux autres dans le même ordre toujours, voilà pour elle le règne absolu, Dieu. Le renouveau n'existe que dans la fiction.

Devant nous sur la table étaient alignées les bières, comme toutes les bières que nous avions prises ensemble depuis vingt ans, assises à une table. La répétition, c'était aussi ce beau vertige de fin de soirée, cette valse où depuis vingt ans nous pivotions sur nous-mêmes, en agrandissant constamment notre espace.

Je me suis levée, j'ai placé un vieux disque de Strauss sur la table tournante, j'avais le goût de valser. J'étais un peu ivre, voilà qui ne faisait aucun doute pour Bénédicte. Mais elle a posé ses mains autour de ma taille. Nous chantonnions en comptant les mesures, nous nous enroulions autour de nos pas, nous voulions déposer, dans notre boîte à souvenirs, une scène à conserver toujours.

DEUXIÈME CHANT

L'humilité des livres

Chapitre un

C'est un homme inventé. On se laisse bercer par la mer sur le pont d'un navire et on le voit dériver à la surface de l'eau. Il se perd dans la neige les soirs de tempête. Il s'écrase sur l'asphalte et les passants s'approchent en hurlant. C'est un cadavre et pourtant il rit. Mais les sons n'arrivent pas à déchirer l'air, ils restent suspendus par de petits fils au-dessus de son corps, ils ne nous rejoignent pas. Ce sera l'homme de mon scénario.

J'imagine une femme. Dans sa main, un monde arrêté. Elle le déplie, elle le contemple, elle le caresse. Et puis il explose, il répand des cendres partout sur son visage, il la masque. Pendant un moment, elle se croit défigurée. Ce sera la femme de l'homme, la femme de mon scénario.

Tout à l'heure, je suis descendue dans la cave. Une deuxième fois. Mon sang battait moins fort sous mes tempes. Je me suis assise dans la poussière de l'escalier, avec mon cahier rouge. Mais il n'est venu que des silhouettes. J'ai dessiné un cadavre, puis un autre, jusqu'à remplir la page, des hommes toujours, Monsieur Girard. Je n'arrive pas à penser à lui comme à l'ancien propriétaire de la maison.

Peut-on vraiment parler de hasard ? Je n'avais jamais croisé ma voisine dans la rue. Je l'aborde, je me présente et, sans plus attendre, je fais une remarque sur sa robe noire, j'offre mes condoléances. Elle parle, son père est mort, là-bas, au Mexique, elle a de la peine, *Beaucoup pleurer beaucoup prier*. Puis-je faire quelque chose ? Mais elle ne m'écoute pas, elle parle, elle parle, son père, et puis elle en vient à Monsieur Girard, mort lui aussi, Madame Girard, elle aussi beaucoup beaucoup de peine. Et dans une sorte d'écho, je saisis *coup de feu* et *cave* et *le sang, le sang*. Madame Girard crie si fort qu'elle l'entend jusque chez elle à travers les murs mal insonorisés. Ma voisine ne prononce pas le mot *suicide*, peut-être ne le connaît-elle pas en français.

Sous mes pieds, le sol s'est ouvert, je m'enfonce sans trouver de prise, cette boue dans la bouche, cette boue rouge, cette boue de sang, je bégaie quelques mots d'excuses et je fuis.

Je me suis réfugiée dans le salon, face à la fenêtre. Immobile dans le fauteuil de cuir, j'ai longuement observé un écureuil noir. Il enterrait ses noix dans le gazon tandis que devant lui défilaient des images. Monsieur Girard, le canon du revolver près de la tempe. L'index appuyé sur la gâchette. Le crâne qui explose. Les taches que laisse le cerveau dans la poussière. Le bruit sourd du cadavre au moment de la chute. Les outils qui ce soir-là ne seraient pas rangés.

Je ne sais pas pourquoi j'ai fait le lien avec papa, sa mort à lui, le cœur qui au cours des années s'était détraqué, l'opération, son médecin l'avait persuadé, ne lui restait-il pas de belles années à vivre ? Il n'avait pas résisté à l'intervention. *Si fatigué pour ses soixante-sept ans*, avait dit le chirurgien, et puis il ne voulait plus lutter. Depuis sa retraite, la mémoire l'avait rattrapé. Noëlle. Noëlle qui grimpait sur ses genoux quand il arrivait le soir, Noëlle qu'il portait sur ses épaules durant nos promenades au parc, Noëlle. Sa vie était derrière lui maintenant, rien ne pouvait le ramener vers nous.

Nous ne lui suffisions pas, comment l'accepter ? La première fois, j'ai effleuré les mots, lentement, comme s'il s'agissait d'un jeu. D'abord, on n'y croit pas vraiment, mais petit à petit les lettres se détachent les unes des autres sur la langue, il se produit une écume acide qui descend jusqu'au ventre. On bouge avec une brûlure, là, à l'intérieur, on marche, on parle, on n'accepte pas de ne pas faire le poids.

Maman, elle, passait la main sur les joues froides de papa, elle répétait que tous nos malheurs ne pouvaient pas être reliés à Noëlle. Papa avait connu une vie tellement difficile, une enfance sans tendresse, la crise, la pauvreté, le travail mal rémunéré, la guerre, elle réussissait à se raisonner. Elle a pleuré, ensuite elle a essuyé ses larmes. Il avait le cœur usé, fallait-il chercher ailleurs ?

Chaque fois que maman prononce *cœur usé*, j'entends *cœur brisé*. Question de vision. Pour maman, la vie bat dans un muscle rouge qui finit par s'essouffler. Pour moi, le cœur lutte contre une blessure sournoise qui le déchire peu à peu. Et rien ne peut le réparer. *Mon mari est mort du cœur*, avait précisé Madame Girard chez le notaire. Elle ne mentait pas, au fond, dans son mensonge.

Je suis descendue dans la cave. J'ai cherché la blessure de Monsieur Girard dans ses objets à lui, l'établi, les vieux outils, un coffre de pêche. Je n'avais pas compris chez le notaire pourquoi son fils ne voulait rien conserver. Partout, j'ai cherché Monsieur Girard, mais je n'ai trouvé que papa.

La chambre sentait l'éther. Dans quelques instants, on viendrait avec la civière. Nous étions seuls, papa et moi. Nous nous sommes longuement regardés, sans dire quoi que ce soit. Puis je me suis approchée pour lui caresser la main. Nous entendions déjà le bruit aigu de la scie dans les côtes, les ordres brefs du chirurgien. Et il m'a dit, avec ses mots d'homme qui ne sait pas parler, *Essaie d'oublier, toi*. Mais maman et Philippe sont entrés, je me suis contentée d'un signe de tête. J'essaierais.

Je n'ai pas réussi, pas plus que lui. Dans ma vie, le passé dessine de petits îlots autour desquels je nage, parfois jusqu'à l'épuisement. Mais je nage, sans me noyer.

Je prononce *Émile*, à haute voix. Et mon pouls s'accélère. Monsieur Girard avait le même prénom que papa, est-ce un hasard?

Dans mon scénario, l'homme n'aura pas de prénom.

Chapitre deux

Tous les parcs se ressemblent. On peut voir des marcheurs trottiner derrière leurs chiens, d'autres suivent un rayon de soleil au-dessus de la montagne. On voit aussi des enfants sur des tricycles, des parents qui les rappellent quand ils s'éloignent trop, un cerf-volant affolé sur la dernière branche d'un orme, des fontaines qui recrachent sans cesse la même eau.

Enfant, je comptais mes pas afin de ne pas les égarer. Plus maintenant, j'ai la certitude qu'ils entrent dans la terre, avec la pluie et les grains de sable. Je laisse ma trace, invisible, parmi les choses.

J'ai replacé une mèche de cheveux. Je posais résolument un pied devant l'autre. Dans quelques minutes, j'arriverais chez Madame Girard. Elle ne m'attendait pas, je ne l'avais pas prévenue. Comment lui annoncer ma visite ? Lui dire, *Je voudrais parler avec vous de la mort de votre mari ?*

Elle m'a reçue chaleureusement. Dans le salon, un livre était ouvert sur une table basse, un beau livre avec une tranche en or. Je n'en ai pas demandé le titre, c'était la pudeur, ou plutôt la crainte d'être déçue. Je voulais retenir cette image, Madame Girard, un

livre dans les mains. Et à côté de cette image, je plaçais mes mains à moi et tous les livres que j'avais
aimés. Car les images partagées attirent les confidences. Je pouvais lui confier que je connaissais la vérité.
Elle a paru soulagée. *Tant que je ne comprendrai pas, je
serai tenue au secret.*

J'ai presque crié. Est-ce qu'on comprend jamais
l'abandon ? J'avais ma voix mal accordée, celle qui
remplit l'espace de mauvaises vibrations. La colère
me rattrapait précisément ici, chez cette femme
défaite, pourquoi ? Je pleurais maintenant, des sanglots violents, je pleurais, tout ce qui ne se nommait
pas refluait par les yeux. Alors Madame Girard s'est
approchée et m'a prise dans ses bras. Je suis redevenue une petite fille, je me suis laissé bercer. Elle a
chuchoté, *Il faut accepter même si on ne comprend pas.*
J'étais blottie contre sa poitrine et elle me vouvoyait.
J'ai pensé à maman, à ses bras que, depuis le drame,
elle ne savait plus ouvrir que pour ses petits-
enfants.

Le soir changeait la texture du ciel, les sanglots
finissent toujours par se tarir. Madame Girard a des-
serré son étreinte et m'a amenée dans sa chambre.
Devant son lit, elle avait placé une bibliothèque de
chêne, pleine de beaux livres reliés. Elle a avancé la
main pour caresser le cuir des couvertures. Elle a prononcé *Rome, Byzance, Athènes, Égypte, Mésopotamie.* Elle
me montrait ses livres d'histoire ancienne, avec des
apogées et des décadences, des retournements qu'on
n'avait pas prévus, des conquêtes, des invasions et
beaucoup d'humiliations, des pestes noires, des trahi-
sons, des cataclysmes, tout ce que l'être humain avait
dû accepter sans comprendre, depuis l'origine des

temps. *Voilà le réservoir infini de la mémoire*, elle a dit, *la memoria*. Puis elle s'est tue.

Elle m'a proposé de manger avec elle. J'ai accepté. J'ai tout accepté, le porto, le jambon, la ville qui attendait la nuit dans le rectangle de la fenêtre pendant que se précisait la femme de mon scénario. Elle avait maintenant une phrase, *Il faut accepter même si on ne comprend pas*. Elle la prononcerait à voix basse, en caressant des livres reliés de cuir. À qui l'adresserait-elle? À une femme. Il y a des phrases qu'on ne peut prononcer que devant une femme.

Chapitre trois

C'est arrivé au moment du dessert. La petite Véronique avait demandé si elle pouvait aller jouer dans le jardin et Anne avait dit oui, ma belle-sœur est une mère permissive. Elle la surveillerait par la fenêtre en sirotant son thé. Au-dessus de nos têtes, le plafond amplifiait les cris du vieux bois, mon frère Philippe essayait d'endormir Pascal. Chaque fois, maman promettait de placer un tapis sous les berceaux de la chaise et puis elle n'y pensait plus. Derrière le rideau de tulle blanc, Véronique faisait son cinéma. Il faut dire, nous étions trois à l'admirer, les yeux rivés sur les plis de l'écran.

Je n'ai pas remarqué que l'air s'était allégé, pas immédiatement du moins. En fait, rien ne s'est passé. Je portais une fois de plus la tasse de porcelaine de la soucoupe à mes lèvres et puis, pendant une fraction de seconde, ma main est restée suspendue. J'ai été saisie. Véronique courait après le chat et je ne voyais pas Noëlle courir après le chat. Chaque mouvement de Véronique effaçait un peu plus la silhouette de Noëlle.

J'ai tourné la tête pour vérifier ce qui était enfermé dans le silence de maman, mais il ne contenait que

Véronique et, près d'elle, des fleurs multicolores et des framboisiers. Je n'entendrais pas, *Te souviens-tu de Noëlle?*

J'ai d'abord pensé que c'était dû à la lumière, elle se déposait uniformément sur les choses et les formes, chaque forme s'éclipsait. Il ne subsistait que des taches de couleur, une immense surface bigarrée sans aucune profondeur. J'essayais de trouver une raison simple, ne pas m'avouer qu'on ne sait jamais pourquoi les choses bougent.

Philippe est descendu. Pascal gazouillait dans le lit, il finirait bien par s'endormir. Pour mon frère, les jours s'ajoutaient tranquillement aux jours, à croire que nous n'avions pas passé neuf mois dans le même ventre. Anne me ressemble peut-être davantage, Philippe me l'avait souligné un soir, ma discrétion, ma réserve. Sans préambule, elle a pris la parole, d'une voix un peu solennelle. *Nous attendons un autre enfant.*

Véronique est devenue floue, la scène s'était déplacée. Nous avons échangé des baisers, des souhaits, des rires. Maman a sorti son cahier de patrons à crocheter, elle s'animait, elle était belle. Et puis elle a regardé l'horloge, il fallait annoncer la nouvelle à François, quelle heure était-il chez lui? Elle n'arrivait jamais à situer New York sur la carte. Alors le temps s'est arrêté. La pellicule s'était coincée dans le projecteur. Autour de la table, les fantômes étaient revenus. En face, Noëlle. Au bout, papa. Près de Philippe, François.

Les lunettes sur le nez, maman cherchait le numéro de téléphone de son dernier-né, Anne était sortie rejoindre Véronique. Philippe restait là, les bras

croisés, il fixait le ventre de la théière. Il voyait sans
doute des enfants, beaucoup d'enfants qui, pourtant,
ne rachetaient pas les peines.

Pour briser le silence, j'ai demandé s'ils avaient
déjà choisi des prénoms. Non, ils n'avaient rien
décidé. Aussitôt qu'ils connaîtraient le sexe de
l'enfant, ils choisiraient un prénom vivant, un prénom que, dans la famille, personne n'avait porté.
Nous nous sommes regardés longuement. Et les
places vides, autour de la table, sont redevenues
vides.

Chapitre quatre

Une main, ma main gauche, et le temps se déplie, avec des bagues et des gerçures, des ongles rongés qu'on oublie sur la table, des gestes retenus même dans leur désordre. Il m'a suffi de faire glisser mon jonc pour me rendre compte que mon annulaire avait rétréci au-dessous de la jointure. La peau était rayée de blanc. Mais ma main ne paraissait peut-être pas plus nue qu'avant.

J'ai placé mon jonc du côté droit de ma vie, là où se confondent les objets inutiles, les clefs qui ne servent plus, les lettres sans parfum, les souvenirs éteints.

Dans le miroir, je me suis dessiné un nouveau visage, avec des yeux de chat, une bouche coquelicot, puis j'ai fait des exercices à partir des voyelles, A-O-U-I, comme les mannequins des grandes collections, il faut laisser la bouche entrouverte. Quand je fais le O, je deviens très aguichante. Tu me l'as dit.

Tu te tenais debout, au milieu des fleurs, dans un complet sombre. Tu m'as montré le cercueil, au fond de la salle, tu m'as demandé de m'y coucher, avec mes yeux de chat, mes lèvres en ovale, tu voulais prendre une photo de moi. Tu as fermé mes yeux, joint mes doigts. Il me semble avoir entendu, *Souris*, et tu as appuyé sur le bouton de l'appareil. Un enfant a crié, *Regarde l'oiseau, maman*, et un œuf est éclos, un oiselet s'est mis à piailler.

Je me suis réveillée. Vincent me parlait. Il avait sonné, aucune réponse, alors il était entré, nous serions en retard au concert. Le concert? Des flocons d'air satiné pénétraient dans mes narines, s'infiltraient dans ma poitrine, le cœur ne cognait pas contre la boule dure, il avait toute sa place. Je ne bougeais pas. Il fallait revenir doucement à la lumière, pour apporter avec moi ce cœur consolé.

Vincent tenait-il vraiment à ce récital? J'ai soulevé le drap, j'ai posé ma main gauche, sans anneau, sur ma fourrure. Sur le noir, la raie devait paraître plus blanche encore. J'ai dit, *Prends-moi*. Sentir son sexe d'homme s'enfoncer dans mon ventre, son sexe à lui, cet encombrement.

Derrière nos plaintes s'est élevée une voix. La voisine avait recommencé à chanter sur le balcon et tout se reliait, les baisers de Vincent dans mon oreille, mes spasmes, les livres de Madame Girard, et cet œuf qui s'ouvrait. J'allumais un nouveau feu sur les cendres tièdes.

Chapitre cinq

Un homme à la retraite est entré ce matin, *Un bon ouvrier*, a dit Bénédicte, *tu verras*. Il a des allures de papa. La vaisselle est empilée sur des draps dans la salle à manger, la maison affiche sans pudeur ses dessous, elle ne m'appartient plus.

Je monte, m'assois à ma table de travail, je cherche un synonyme dans le dictionnaire. Puis j'entends le bruit d'une armoire qu'on arrache et ma plume fait une tache sur la feuille. Je vois des trous, et la pluie qui entre par les trous, et le froid, et la neige dans une saison qui ne sait pas retenir le soleil. Alors j'imagine un blanc chaud et, sur ma feuille, je dessine une cuisine avec des armoires neuves, ensuite j'essaie de la placer dans des phrases. Non pas la traduire, seulement la voir s'illuminer au milieu des lettres.

Souvent, je n'y arrive pas. Je pose ma tablette et je descends les marches, je vais vérifier l'état des travaux. L'ouvrier prend un air amusé. Mon inquiétude, il l'a sans doute reconnue dans des centaines de visages. Il explique la destruction, il la justifie, avec les mots d'un homme qui ne craint pas l'hiver. Je l'écoute et je me convaincs, tout va bien, tout va.

On croit s'être réconciliée avec son enfance, la cuisine où sa mère avançait sans cesse dans la même vie, et puis une belle journée on se met à étouffer. Il ne suffit pas d'ouvrir les fenêtres, on doit chasser les spectres, grandir plus vite que l'envie de fuir. On se dépêche, on fait des plans.

J'ai tiré des lignes, au crayon gras, avec des mesures au-dessus, comme tu le faisais, puis avec Bénédicte et Vincent j'ai discuté, la réalisation, les coûts, les matériaux, j'ai réussi à me cacher que j'employais ton vocabulaire.

Je n'ai pas pensé tout de suite à la destruction, le mot est brusquement venu avec les craquements du bois, comme les dents de lait que maman arrachait dans ma bouche, pendant que Noëlle couvrait ses lèvres de sa paume. À mon réveil, je trouverais une pièce d'argent sous mon oreiller, je pourrais acheter du chocolat. L'histoire se terminerait bien, personne ne meurt d'un mince filet de sang. Elle nous enseignait le courage, maman. Un jour, nous serions à son image et à sa ressemblance, souples et fortes derrière des ventres lourds qui ne nous feraient pas tomber en avant.

Elle, elle a toujours refusé de faire rénover sa cuisine. C'est une sorte d'album-souvenir. Philippe essaie de monter sur la table pendant que François se barbouille dans sa chaise haute, Noëlle fait la grimace, elle déteste les petits pois, et moi ? Moi, j'ai sans doute vidé mon assiette, je joue à l'aînée, je tiens bien mon rôle.

Ici, il n'y avait que des souvenirs imaginaires. Toi, près de la fenêtre, pour entendre chanter la voisine, ou assis au bout de la table, tu haches les légumes.

Des images qui me viennent tout à coup, tu m'apparais, tu te mêles au décor, et puis tu disparais. Je remarque de nouveau les craquelures sur les murs.

J'ai choisi des couleurs qui ne me rappellent rien. Des tuiles grises, un comptoir d'un rose cendré, je disposerai quelques touches de mauve, des fleurs dont j'ignore le nom, je ferai installer un nouveau plafonnier. J'invente des scènes que j'aime. Moi, confiante et dégagée, et Vincent, tout à côté, parfois Bénédicte viendra prendre le repas avec nous, ou Madame Girard, je vois loin devant moi, je donne des coups de fouet dans la réalité.

Chapitre six

L'intensité de la lumière n'est pas la même ici. Ni l'odeur de la ville ni la rumeur. Les choses sont coupées de leur enveloppe familière, ce sont des objets aux contours trop précis. Décidément, je n'aime pas l'anonymat des buildings. Mais Vincent m'a convaincue, pour le temps des rénovations.

Le matin, je me blottis au fond du lit, avec plusieurs oreillers, je travaille à ma traduction. Parfois, je prends des notes pour mon scénario, un mot, une moue, une phrase qui propulserait mes personnages en dehors de leur propre espace, les placerait devant l'histoire de l'autre.

Qu'est-ce que la femme aurait pu dire pour empêcher l'homme de se suicider? Je tourne sans cesse autour de cette question sans pouvoir apporter de réponse, voilà mon drame, je veux dire mon drame à moi aussi, qu'est-ce que j'aurais pu dire pour l'empêcher de partir? Il doit bien y avoir un mot, une phrase, une moue qui ait le pouvoir d'arrêter la destruction, mais où dans le grouillement des jours?

Madame Girard n'était pas d'accord, elle l'a dit clairement, elle n'a pas eu des paroles de vieille dame qui cherche à se rassurer. Son mari se serait tué de toute façon, elle en est convaincue. Pas de mot clef sous les mots, pas de miracle. Même face à son fils. Quand ils deviennent grands, les enfants se mettent à graviter autour de leur propre soleil, rien à faire pour les retenir. Elle a fait un geste circulaire pour me montrer la salle.

Le salon de thé était rempli de personnes seules, des femmes, âgées pour la plupart, qui avaient déserté pour une heure l'étroitesse de leur appartement. Les nappes m'ont tout à coup semblé d'un rose agressant, comme le sourire doucereux de la serveuse et la musique feutrée en provenance du plafond. J'avais le goût de me lever pour aller vers les gens, mais je suis restée assise devant ma tasse, muette. Voilà sans doute ce qu'on appelle la fin du siècle. Des femmes, chacune à leur table, portant leur tasse à leurs lèvres au rythme d'une musique d'ambiance. Des hommes, ailleurs, mais tout aussi seuls.

Décidément, je n'acceptais rien. J'ai failli le dire, mais Madame Girard avait sorti de son sac des dépliants d'agences de voyages, elle voulait me consulter, Rome ou la Grèce? Sur une photo en couleurs, un homme souriait de toutes ses dents, le siècle avait brusquement reculé. La vie était redevenue simple, il suffisait de regarder la photo, de s'imaginer avec cet homme-là, un bel homme grisonnant, pour avoir le goût de se dépayser, de se retrouver à Rome ou à Delphes, d'oublier que les dieux sont depuis longtemps disparus.

J'ai suggéré la Grèce au lieu de l'Italie, ses ciels aussi purs que la mer, l'aridité des montagnes. C'est là que je situais Madame Girard, dans ce paysage grandiose et dénudé, serein au milieu des ruines.

Et vous ? Un jour. Quand je pourrais regarder les temples détruits sans regret, sans nostalgie aucune, que les ruines ne renverraient qu'à un tas de pierres qui ne saigneraient plus, alors oui, sans doute, un jour. Mais je n'ai pas osé le dire, j'avais un peu honte. Je comparais l'état des cicatrices, la mienne, celle de Madame Girard, la mienne était moins profonde, assurément.

Madame Girard m'a tapoté la main, elle avait hâte de voir la cuisine. Elle a proposé que nous marchions. Nous marcherions. La salle s'était vidée. Il ne restait que deux femmes à une table, près d'une fenêtre. Elles parlaient en riant aux éclats. Je les ai regardées longuement, puis j'ai pris le bras qui s'offrait et nous nous sommes perdues dans la foule des sorties de bureau.

Dans mon cahier, j'ai écrit cette phrase de Madame Girard, pendant qu'elle examinait les armoires, cette phrase, oui, *Quand je reviendrai de voyage, je serai capable de retourner dans la cave.* Il y avait pourtant une vibration dans sa voix, à peine perceptible, que je traduirai par l'expression *sans doute.* Madame Girard essayait de se projeter dans le futur. Peut-être l'avenir fait-il aussi partie de la mémoire. De la *memoria.*

Chapitre sept

Tous les matins, Vincent lève bien haut le store, comme maman, il guette les moindres reflets du soleil sur la montagne. Parfois, il sort sur le balcon pour voir la ville, en plongée, sous tous ses angles, alors que j'essaie d'ouvrir les yeux. Dans quelques minutes, je sais, il rabattra mes couvertures, il me transportera dans la cuisine en riant. La belle Bénédicte nous attend à la campagne. Quelle chance !, il fait un temps splendide, est-ce que je promets d'être prête dans une demi-heure ? Je promettrai. Je promets toujours. Mais voilà, j'ai la tête barbouillée, nous avons trop bu hier soir, des digestifs après le vin, et encore des digestifs, nous avons tant parlé.

Il s'étend à côté de moi. Pose les mains sur mon ventre. Son sexe durcit contre mes fesses, je me sens mouiller, je sais cela, au moins cela, son désir de moi, mon désir de lui, les corps qui se cherchent dans un espace en deçà des mots, même les plus denses, les plus passionnés.

Elena. Ce prénom a surgi dans la conversation entre deux gorgées de crème de framboise. Tout à coup, cette ombre mystérieuse planait au-dessus de nous, Elena. Une comédienne qu'il avait rencontrée

lors d'un projet de coproduction, c'est pour elle qu'il
était allé s'installer à Rome. Trois ans entre des studios
modernes et un minuscule appartement, hors de prix,
non loin de la Villa Borghese, l'amour fou, les heures
à l'attendre pendant les représentations, le doute lors
de ses absences. Il dépliait devant moi une existence
dont il n'avait parlé à personne, pas même à Bénédicte, une existence dont je serais incapable de rêver.
Trop sage sans doute. Mais Vincent disait, *Trop absolue*.
Pour se laisser prendre au gouffre de la passion, il fallait dès le départ faire face à la fin de la passion.

Il bouge doucement au creux de mes reins. Jamais
il n'a bougé de cette façon en elle, Elena, j'en suis
sûre. Avec moi, c'est un autre amour. D'autres gestes.
Nous ne gémissons pas comme s'il s'agissait de la
dernière fois, nous nous apprivoisons à la répétition,
la répétition heureuse qui s'obstine à creuser des pas-
sages sous le sol mouvant. Nous construisons lentement une histoire que nous déposons à côté de nos
histoires passées, mais pas tout à fait perdues,
puisqu'elles remontent tard le soir dans un moment
d'inattention, un alcool trop fort ou l'air d'une chanson.

Hier soir, nous nous sommes blottis l'un contre
l'autre et nous nous sommes endormis, lourdement,
en pensant à Elena. Elle ferait désormais partie de ma
vie, elle me suivrait à une certaine distance, parfois
elle se rapprocherait, si près que je pourrais presque
la toucher. Ce n'était pas de la jalousie ni de la peur,
une sorte d'irritation seulement. Il y a tellement de
personnages dans un nouvel amour. Et nous n'y pouvons rien.

Chapitre huit

L e préfini avait été repeint en blanc, la vieille douillette qui sentait la poussière avait été remplacée par un couvre-lit pastel et, sur une table de chevet neuve, Bénédicte avait placé un bouquet de marguerites, comme dans les auberges campagnardes. Je n'ai pu m'empêcher de m'étendre un instant sur le lit. Le matelas avait perdu les bosses qu'il avait autrefois, décidément rien n'avait été négligé. Puis j'ai tiré le rideau de la fenêtre pour me couler dans le paysage, la verdure du parterre, le lac semblable à tous les petits lacs, et la montagne, installée sur la ligne d'horizon. Ce tableau laissait croire à l'éternité, malgré l'usure des cœurs, des couvre-lits et des matelas.

J'ai déposé mon sac de voyage dans cette chambre où j'avais dormi tant de fois, du temps de ses parents.

Sur le patio m'attendait la chaise longue en toile rouge, celle que je préférais. Vincent sirotait un Perrier et Bénédicte le taquinait, est-ce que nous n'avions pas passé des nuits et des nuits à repenser le monde en absorbant des quantités incroyables d'alcool? Vincent protestait, il n'avait pas vieilli, il était seulement fatigué. Depuis son retour, il avait dû se réadapter, la télévision évoluait sans cesse, et puis ce n'était pas facile de travailler pour une compagnie privée. Elle l'écoutait en se moquant de lui, Vincent déteste les obsessions de Bénédicte concernant le vieillissement, elle ne l'ignorait pas et parvenait infailliblement à le faire réagir. J'assistais à un jeu, un de ces jeux que partagent les amants longtemps après la mort de l'amour, un instant de distraction pendant lequel l'intimité refait surface.

J'ai quitté ma chaise sous prétexte d'aller chercher quelque chose à boire et je me suis dirigée vers la porte. Je ressentais un certain malaise, comme si j'étais voyeuse. Bénédicte essayait-elle de me rappeler, ne serait-ce qu'un moment, qu'elle avait fait partie de la vie de Vincent bien avant moi ? J'aurais tant voulu que les choses soient claires, les sentiments bien séparés les uns des autres.

Je ne me suis pas versé de Perrier, par superstition, plutôt une limonade. J'ai pris une grande respiration et je suis revenue. J'ai contemplé l'été qui courait sur le lac, les bruissements de l'eau, la montagne couchée dans son reflet. On sentait quelque chose d'aérien dans la tristesse, elle semblait suspendue aux nuages, elle flottait.

Madame est dans ses méditations ? Vincent me caressait la nuque, il allait chercher des boissons, est-ce que je prendrais une autre limonade ? Le passé s'était dissous, j'avais repris ma place entre lui et Bénédicte. Je n'avais plus à affronter cette crainte, moi seule, en dehors d'eux.

Bénédicte a proposé de préparer une salade, il me fallait revenir à la réalité. La faim. La soif. La vie tangible qui se concentre dans quelques mots susceptibles de porter les premiers besoins de l'humanité. Et l'infini de sa misère.

J'ai haché les légumes en morceaux fins comme s'il s'agissait d'un acte décisif. Tant de repas avaient été préparés dans cette cuisine, tant de convives autour de la table dont on ouvrait les panneaux. Madame Lallier remplissait les assiettes au-dessus du poêle à bois, nous étions affamées, Bénédicte et moi, la pêche à l'aube dans la chaloupe que nous avions mis deux jours à repeindre, les baignades, les excursions à bicyclette, les promenades en forêt.

C'est ici que j'avais retrouvé mes couleurs, l'été après la disparition de Noëlle. Ici que Bénédicte m'avait appris, quelques années plus tard, pour elle et Vincent, ce beau garçon qu'elle avait rencontré à la télévision communautaire. J'avais retenu mon souffle, une fraction de seconde, le temps de chercher une phrase assez vague pour camoufler ma déception sous des vœux de bonheur.

Le soleil plombait maintenant. Il a fallu changer l'angle du parasol avant de nous installer à table, avec des pâtés et des fromages. La joie était revenue, entière, sans nostalgie. La conversation a repris, mais c'était une conversation différente, plus dépouillée, plus près du vrai poids des choses et des émotions.

Nous n'avons pas parlé d'Elena, elle était trop près de nous encore. Nous avons écouté Bénédicte, elle se confiait, librement, ses espoirs, sa solitude parfois, et le futur. Et puis la phrase est tombée, au milieu des assiettes sales, des coupes et du soleil, *Je suis amoureuse. D'une femme extraordinaire.*

Vincent a posé sa coupe de vin, hébété. Bénédicte s'est mise à rire franchement, amusée, contente de son effet. Je n'ai réussi qu'à grimacer. La montagne s'est mise à pencher, avec ses cavernes, ses sorcières et ses nains. Comme le soir où maman m'avait montré, dans le berceau, cette chose criarde qui s'appelait Noëlle. Encore une fois, l'enfance guettait derrière la chaleur de l'été, l'odeur de la brise, la moindre parole. L'enfance souveraine.

Mais Vincent s'est ressaisi, il a proposé un toast. Nous ne nous quitterions jamais, tous les trois, quoi qu'il advienne. Il a frotté doucement sa coupe contre la mienne. Il me souriait, et des milliers de sourires se sont mis à danser sur le scintillement tranquille de l'eau.

Chapitre neuf

Nous irions reconduire Madame Girard à l'aéroport. Elle me l'avait demandé, le plus simplement du monde. Après tout, n'était-ce pas moi qui lui avais suggéré la Grèce? Sur la table, elle a déplié une carte neuve, aussi neuve que la cuisine. Nous nous étions dépêchés de tout replacer, Vincent et moi, pour prendre notre premier repas avec elle, dans cet espace maintenant délivré du passé.

Madame Girard était excitée comme une enfant. Ensemble, nous avons suivi l'itinéraire prévu, nous faisions résonner les noms de villes, Athènes, Delphes, Mycènes et le tombeau d'Agamemnon, Hérakleion. Il fallait absolument voir la Crète, affirmait Vincent, le labyrinthe du Minotaure, les gorges de Samaria.

Les gorges de Samaria. J'ai aimé les sonorités, graves, mystérieuses, il m'a semblé qu'on pouvait se réfugier là à jamais, dans ce passage étroit, ce fleuve de pierres entre les falaises. Un jour, je verrais les gorges de Samaria, je verrais la Crète. Avant le Brésil, avant São Paulo.

J'ai pensé à toi, le long de la route, jusqu'à l'aéroport. Combien de temps étais-je restée enfermée dans l'appartement après ton départ? Des siècles, il me semble. J'en étais ressortie avec des rides et des petits coussinets rouges sous les yeux. Et voilà qu'en bavardant, Madame Girard venait de me dire que j'avais rajeuni ces derniers temps. Il ne fallait pas tout à fait la croire et pourtant j'avais envie de penser que mon visage avait été sauvé.

Nous avons déposé les bagages au comptoir de la compagnie aérienne. Nous avons regardé, nous observions, fascinés, tous ces humains arrivés de nulle part, nous nous laissions bercer par la voix angélique qui lançait les derniers appels.

Votre mère aime-t-elle les aéroports? Madame Girard me posait une question anodine, mais quoi répondre? Maman ne supportait pas les départs, elle n'avait mis les pieds ici qu'une seule fois, quand Anne et Philippe étaient rentrés du Zaïre, après leur absence de deux ans. Elle avait attendu, dans sa robe des dimanches, les yeux rivés à la vitre. Elle a d'abord aperçu Anne, et derrière elle Philippe, qui a aussitôt soulevé bien haut le petit paquet emmailloté d'une couverture blanche. Maman a posé sa main sur son cœur, j'ai cru qu'elle allait défaillir. Quand elle a reçu Véronique dans ses bras, des larmes ont coulé de ses yeux. La vie venait de ressurgir.

Elle était sortie de la désolation, elle se teignait les cheveux blond cendré, elle était portée par un amour. Elle m'appelait *ma grande*, n'étais-je pas sa seule fille désormais, sa survivante? Parfois, elle me demandait conseil et, sans m'écouter, elle recommençait à parler de Véronique. Maintenant de Pascal. Pourquoi lui en tenir rigueur, elle ne s'était pas engouffrée dans son chagrin, voilà ce qui importait.

Déjà, les passagers à destination d'Athènes étaient invités à se présenter à la porte d'embarquement. Madame Girard nous a envoyé un dernier baiser avant de disparaître. Mais ce n'était pas un baiser d'adieu, je n'étais pas triste, juste survoltée. J'avais le goût de partir, qu'est-ce qui me retenait vraiment à Montréal ?

L'an prochain nous partirons nous aussi. J'ai pris le ton qu'on emploie quand on essaie de se montrer plus sûre qu'on ne l'est. Un ton qui ne laisse pas de doutes. Qui suppose des anges gardiens, des routes bordées de pâquerettes et de brebis, des autels où déposer nos mains.

Chapitre dix

Je ne l'ai pas reconnue. Plus jeune qu'il y a dix ans, les cheveux courts, en jeans, Judith n'avait plus l'air de ton ancienne épouse. Spontanément, elle s'est avancée vers moi, quelle coïncidence de se rencontrer au cinéma. La boule dure est revenue dans ma poitrine, mais tout de suite Judith m'a rassurée, elle voulait simplement me demander si j'avais eu des nouvelles de toi. Eux, non. Et son fils ne s'en remettait pas. Elle n'a pas parlé d'Étienne comme de votre fils, je l'ai remarqué.

Le silence est monté à travers le tintement de la caisse enregistreuse et l'éclatement du maïs chauffé. Il fallait pourtant dire quelque chose. J'ai échappé ce que précisément j'aurais voulu éviter, *Je n'arrive pas à comprendre*. Mais aussitôt je me suis reprise, quelle connivence est-ce que je pouvais attendre de cette femme ? Avec une pointe d'humour, je me suis forcée à articuler, *Je partirai comme un voleur*. Nous nous sommes regardées. Puis j'ai trouvé une excuse et je me suis éclipsée. Tout avait été dit.

Sur l'écran géant, Juliette Binoche pleurait son mari et leur fille. J'avais beau ouvrir bien grands les yeux, chaque scène se mêlait à d'autres scènes, presque irréelles maintenant. Le gâteau que j'avais fait pour l'anniversaire d'Étienne, avec les sept bougies, les vacances à la mer, la mort du chat, ses larmes d'enfant. Puis, après ton départ, une colère d'adolescent pareille à tes colères à toi. J'étais la grande coupable, je n'avais pas su te retenir. Étienne s'était mis à refuser mes invitations, sans aucun prétexte. Son silence, obstiné, dans le récepteur.

Une belle journée, on se rend compte qu'on n'a pas téléphoné depuis longtemps. On a déposé l'affection dans une partie voilée du cœur. Dans un an, dans dix ans, on se rencontrera au restaurant ou au cinéma. Seulement, on ne prévoit pas les détails. Par exemple, Judith qui m'aborde un soir avec des phrases pleines de trous, Étienne ne se remet pas de ton absence. S'agissait-il d'une demande silencieuse ? Je retournais cette phrase de tous les côtés dans ma tête, je n'arrivais pas à trouver la bonne interprétation. Désirait-elle que je téléphone de nouveau à son fils, que j'insiste, que je crée une brèche dans le silence ? J'étais sûre d'une chose pourtant, il n'y avait pas chez elle de pitié à mon égard.

Le film a soudainement chassé la voix de Judith. Par un concours de circonstances, Juliette Binoche rencontrait la maîtresse de son mari. Elle apprenait la vérité et curieusement ce choc la libérait, elle pouvait recommencer à aimer à son tour, elle n'avait plus à sauvegarder une mémoire glorieuse.

C'est peut-être ce qu'il me faudrait, une grande secousse, un effondrement si terrible que je rassemblerais mes dernières forces pour creuser un trou jusqu'à la lumière. J'ai pensé, si tu m'avais quittée pour une autre, j'en serais morte, mais j'aurais peut-être préféré une mort fulgurante à cette déchirure.

Je suis sortie avant la fin. J'avais besoin d'air, je ne supportais plus le noir. Et puis, je ne voulais pas revoir Judith, une intuition me disait qu'on ne doit pas forcer le hasard.

J'ai pensé à l'histoire du film comme à une histoire plausible.

Chapitre onze

Je souriais tout à l'heure dans mon sommeil, paraît-il. Vincent m'a vue écarter les lèvres, doucement d'abord, puis j'ai laissé voir de petits bouts de dents, c'était un sourire franc. Je me suis réveillée sur une belle image. Une maison pleine de fenêtres comme sur mes dessins d'enfant et, en plein centre, une bouche, une bouche rouge, une bouche heureuse qui s'ouvrait.

Contente de te retrouver chez toi ? Contente, oui. Depuis les travaux, la maison me ressemble. J'ai lavé toutes les vitres, accroché les cadres, les murs sont habités maintenant. Avec Vincent, j'ai nettoyé la cave, détruit les toiles d'araignées, classé les outils de Monsieur Girard, lavé le ciment. La vie est redevenue un mot plus fort que la mort.

On ne sait pas comment se produit le point tournant. Rien de précis, mais imperceptiblement, le regard se déplace, et on bouge, on se remet à bouger. On ouvre les portes, on se laisse surprendre par des bruits qu'on n'avait pas encore remarqués, le crissement d'un vieux tricycle, une corde à linge, des exclamations dans une langue musicale dont on essaie de saisir les nuances. On avoue, *C'est beau*, on en prend le risque, la beauté tout à coup quitte les musées et les opéras, elle nous précède, elle nous suit, elle s'enroule autour des choses.

Je me suis laissé emporter. Quelle fougue quand même pour le premier café! Vincent a déposé sa tasse par terre, à côté du lit, puis il m'a serrée dans ses bras. Il voulait dire, je t'aime, tu es belle, la vie reprend ou tu recommences à espérer. Peut-être davantage encore, une confiance diffuse qu'il était encore trop tôt pour exprimer directement, le langage est parfois si brutal qu'il ne réussit qu'à nous apeurer.

Il ne m'avait pas reparlé d'Elena, je ne lui avais rien demandé. À trop vouloir se rappeler les absents, on finit par les rendre maléfiques, ils s'imposent, ils s'immiscent entre nous, ils nous hantent. Elena appartenait à une histoire morte, il fallait la laisser reposer en paix.

Dans les caresses de Vincent, il y avait le désir fou de nous faire une place au milieu des ruines. Un jour, il viendrait s'installer ici, avec moi. Dans notre maison. Nous aménagerions un jardin avec des tulipes et du muguet. Un jour, j'aurais fini de départager les bonheurs et les peines entassés pêle-mêle dans chaque objet. Mais je me trompe sans doute. Les rêves recommencent avant les derniers regrets. Aujourd'hui, j'ai souri dans mon sommeil. Ce n'est pas toi qui me l'as dit, c'est un autre homme et je l'ai cru.

Chapitre douze

J'ai fait semblant qu'il s'agissait d'une femme que j'aurais à peine connue. J'ai décrit son visage de fillette craintive, ses yeux qui tout à coup se voilent et la main gauche qu'elle pose devant sa bouche, pour se protéger, ou pour étouffer un cri. J'ai relu ma page à voix haute et je l'ai déchirée, ce personnage n'entrerait pas dans mon scénario.

Comment faire entrer maman dans mon scénario? Comment écrire, *Maman est une petite fille déçue*? Ce n'est pas à cause de Noëlle, ça vient de très loin, d'un vieux passé que j'ignorerai sans doute toujours. Pour la première fois aujourd'hui, j'ai vu l'ombre d'une vie très ancienne quand le voile est tombé devant ses yeux.

À la radio jouait un nouvel enregistrement des *Quatre saisons* de Vivaldi lorsque la sonnette a tinté, deux coups brefs seulement. J'ai hésité. Je relisais le dernier chapitre de ma traduction. C'était un moment de grâce, j'avais l'impression d'avoir réussi à sauvegarder l'autre langue dans ma propre langue, comme si rien d'essentiel n'en avait été perdu, ni les sonorités ni le rythme. Je me suis cependant dirigée vers la porte. Une silhouette grise me tournait le dos, droite encore mais tassée sur elle-même. J'ai ressenti un pincement à l'estomac.

Elle a déposé son sac dans le vestibule. Elle revenait de chez le médecin, visite de routine, a-t-elle précisé tout de suite, elle avait décidé de venir voir mes rénovations. Il lui fallait un prétexte. Elle n'aurait pas su dire, *J'avais envie de te voir toi.* Elle ne connaît pas de mots comme ceux-là. Elle s'est exclamée, *Tu as une belle cuisine.* Parfois elle ne sait plus que des phrases banales. J'ai répondu par une formule sans conséquence. Voilà, nous faisions la conversation.

J'ai placé sur la table la nappe de lin brodée par grand-maman. Et l'enfance a alors ressurgi à travers les rides, toute l'enfance, le rideau sombre devant les yeux, la main sur la bouche dans un mouvement d'effroi. Cette nappe à dix heures du matin? Je venais de commettre une trahison, grand-mère ne nous le pardonnerait pas.

On ne sait pas comment se font les liens entre les événements, comment un visage porte en lui un autre visage, une peur une autre peur, une mère sa fille. Dans les yeux de maman, j'ai vu la fragilité de Noëlle, son épouvante devant la pluie, le chien des voisins, le désordre de la chambre. Dans les yeux de maman, j'ai vu la disparition de Noëlle.

À quel âge maman était-elle partie de chez elle? Bizarrement, je ne le lui avais jamais demandé. *À dix-sept ans.* J'ai répété *Dix-sept ans, comme Noëlle.* Maman a cherché mon regard, puis elle a baissé les yeux. Le silence était plus lourd que du plomb. Puis elle a parlé. Noëlle, elle en était sûre, n'avait pas été enlevée contre son gré, elle avait soigneusement préparé sa fuite.

Elle a dit ce que je n'avais jamais osé m'avouer clairement. Je me suis remise à respirer. Ce qui était arrivé ensuite, nous n'en savions rien, mais il y avait du moins ce tout petit savoir, Noëlle avait suivi volontairement le bel étranger.

J'espère que Dieu me pardonnera. Cette phrase s'est échappée de sa bouche à la façon d'une plainte. J'ai demandé pourquoi. *Je ne sais pas garder mes enfants.*

Je me suis approchée de la fenêtre. Un Boeing déchirait le ciel pluvieux. J'ai eu le goût de partir. J'ai dit, *Tu as su me garder moi.* Mais maman n'a pas entendu, elle était enfermée très loin à l'intérieur d'elle-même. Là où je n'avais jamais pu la rejoindre.

Chapitre treize

*D*e *nuit, l'avenue ressemble à un tunnel noir qui ne débouche pas.*

Je dis oui. Je dis toujours oui quand Vincent décrit la ville avec des images aussi réelles que dans un film. C'est chaque fois l'étonnement. Mes images à moi restent collées à la peau, elles n'appartiennent pas à l'ordre du visible, elles apparaissent sous forme de taches qui sentent le lilas ou la Javel, et puis elles se précisent, elles finissent par composer des paysages étranges qui n'existent que dans les livres.

Nous voyons les choses différemment, Vincent et moi. Mais lorsque je suis inquiète, je dis oui comme si je touchais sa main. Alors tout redevient simple, je le retrouve. Je reprends mon souffle, j'ai douze ans. Un jour, il faudra bien que je vieillisse, mais je ne sais pas comment on fait.

Avec toi, je ne me posais pas cette question. Les saisons glissaient les unes à la suite des autres et nous les regardions en ignorant le temps, les rides du temps sur le visage. Et puis, le jour de ton anniversaire, tu as déclaré en faisant la grimace, *Maintenant, je suis quinquagénaire. Quel mot affreux!* Tu t'es laissé fêter sans enthousiasme, le gâteau les bougies, ton fils avait fait des économies pour t'offrir une robe de chambre en soie, à peine as-tu murmuré, *Merci, Étienne*, tu n'étais pas avec nous.

Je n'ai pas vu immédiatement. Je m'étais convaincue, tu finirais bien par t'y habituer. Mais la vie venait de basculer.

Il y a quelque chose de terrifiant à penser qu'on n'a pas vu. Que chaque petit fait soit resté si longtemps isolé des autres petits faits, sur son propre îlot. Tu ne parlais plus de nos prochaines vacances, tu n'as pas renouvelé ton abonnement à l'opéra, tu ne cuisinais plus. Petit à petit, les événements s'agglutinent les uns aux autres, ils forment une chaîne plausible.

Nous arrivons. Impossible de stationner devant la maison. Nous devons faire le tour du quadrilatère. Nous cherchons ensemble un espace dans la nuit, nous balayons du regard les deux côtés des rues noires. Je fais un signe de la main droite, j'ai trouvé.

Je sors. Devant moi, la rue ressemble à un long tunnel noir. C'est moi qui le dis cette fois. Ce n'est plus une image, mais une sensation qui monte le long de mes vertèbres, se prolonge dans les yeux, soulève mes joues en un large bonheur. Nous sommes ensemble et je vois. Il nous reste à remonter le tunnel. Il se terminera dans ma chambre, au creux de mon lit. La nuit s'y étendra, captive. Et rassurée.

Chapitre quatorze

Un nouveau facteur est passé ce matin, un jeune homme à la carrure athlétique, jovial, un étudiant sans doute, on ne pourrait pas s'imaginer qu'il puisse nous apporter de mauvaises nouvelles. Il a sonné, il m'a laissé une pile d'enveloppes, des lettres, des revues, des dépliants, il a demandé, est-ce que je n'avais jamais eu l'idée d'installer une boîte plus grande? J'ai promis d'y songer et j'ai refermé la porte, amusée. Mon ancien facteur n'aurait pas été aussi direct. Question d'âge. Ou de génération.

J'ai regardé rapidement, rien d'important, et je suis retournée à ma table de travail. Puis l'évidence m'a troublée. Pas une seconde je n'avais espéré une lettre de toi. J'ai barbouillé en rouge la date sur le calendrier accroché au babillard. Face à moi, une jeune fille se balançait depuis le début du mois avec le visage tranquille de quelqu'un qui n'a jamais eu de chagrin. Pour la première fois, je ne l'enviais pas. Je n'en voulais pas à Renoir.

Comment sort-on du temps de l'attente, par quelle brèche dans la paroi dure du temps? Une fois en dehors, on se retourne pour regarder derrière soi avec la conscience d'un autre temps, poreux, moelleux, qui ne nous enferme plus. J'ai laissé là le travail. Justement, il fallait aller chez Madame Girard pour arroser les plantes.

La lumière traînait sur le vert des pelouses, sur les trottoirs déjà chauds, sur l'étang du parc, une belle lumière ocre que j'ai suivie en pressant le pas, je me réfugierais chez Madame Girard, dans son intimité, je referais la beauté du monde à partir d'un détail qui ne t'avait pas appartenu.

Je suis arrêtée à la pâtisserie, j'ai acheté un morceau de mousse au crabe que tu trouvais fade, une baguette de pain de blé entier. Le présent repousserait le temps usé.

D'une voix douce, j'ai parlé aux plantes, j'ai nettoyé leurs feuilles, je les ai caressées pour qu'elles se gardent vivantes. Puis j'ai mis de la musique et j'ai pique-niqué sur le minuscule balcon, dans un rectangle de lumière, le crabe, le pain de blé. Un peu de terre était restée collée sous mes ongles, qu'importe. J'avais faim, j'avais soif, une soif d'été, je prendrais une deuxième coupe de vin, un vin d'été, j'ai remonté ma jupe sur mes cuisses pour devenir une femme avec des jambes d'été.

La ville s'est mise à pencher, oh légèrement, juste assez pour que je devine au loin, au-dessus du fleuve, des corps en train de prendre leur envol. Pas des anges, non, de simples humains trouvant une place dans le ciel radieux.

Chapitre quinze

J'ai pris une grande respiration et l'instant s'est dilaté. Il nous a recouvertes, une bulle molle, une bulle d'odeurs, nous étions de nouveau ensemble, là où l'on peut se confier.

J'ai peur de te perdre. J'ai dit seulement cela, cinq syllabes suspendues au-dessus de moi dans le vide, qui pouvaient peut-être retomber durement sur la table, entre nous. Bénédicte a entrouvert les lèvres, j'étais jalouse? J'ai fait signe que non, mais je craignais d'être délaissée. Oubliée.

Dans ma gorge, la boule dure. Elle est venue avec le mot *oubliée.* Cet aveu m'avait rejetée dans un espace informe, un trou sans fond. Une larme a roulé jusqu'au bout d'un de mes cils, une autre petite boule qui avait fait son chemin à travers les yeux. J'ai ravalé. La terrasse était bondée, des personnalités du journalisme, était-ce le moment de me donner en spectacle?

Une vieille mendiante faisait le tour des tables en marmonnant dans une langue slave, j'étais incapable de détacher mes yeux de ses haillons. Elle allait s'approcher de nous, je ressentais une étrange honte. Je lui ai tendu quelques pièces de monnaie en évitant de soutenir son regard. Elle me ressemblait, cette femme, n'étais-je pas en train de quémander moi aussi?

Depuis notre fin de semaine à la campagne, j'étais restée sans nouvelles de Bénédicte. Elle réagissait toujours de la même manière quand elle était amoureuse, c'était l'île déserte, les violons. Mais la vie finissait par reprendre, le travail, notre amitié, n'étions-nous pas en train de manger ensemble? Pourquoi est-ce que je m'inquiétais?

La mendiante traversait maintenant le boulevard de sa démarche traînante. J'avais peur pour elle, comme si à chaque pas elle risquait d'être renversée par une voiture. Elle était vraiment la figure du malheur.

J'ai demandé à Bénédicte de me parler de son amante, de June, pour me faire à sa présence muette, l'absorber dans notre espace. J'ai attendu, les mots se sont accrochés les uns aux autres normalement, ils dessinaient un portrait dont je me souviendrais à peine. Cette femme ne m'intéressait pas du moment que je pouvais continuer à dire, *Bénédicte et moi*. Telle une réalité qui avait des racines dans le passé.

Nous avons pris le digestif à la terrasse du restaurant d'à côté. Ma boule dure s'est dissoute dans l'alcool. Dans la brise qui chatouillait mes épaules. Dans le regard tendre de Bénédicte. Dans un autre digestif à une autre terrasse, aussi branchée, où les serveurs portaient des costumes des années cinquante. Puis dans cette confidence de Bénédicte, *Moi aussi, j'ai eu peur de te perdre.* Tout avait été dit maintenant.

Nous nous sommes tues. Le soleil ne parvenait plus à tenir tête à la brise. J'ai frissonné. J'ai remis mon

chandail sans me plaindre de l'automne qui déjà nous
menaçait. Ni du fait qu'il faudrait bientôt nous quitter.
Bénédicte rejoindrait June, je rejoindrais Vincent,
nous mangerions avec eux, nous ferions l'amour,
nous dormirions ensemble. Ils nous demanderaient
peut-être d'où nous venait notre sérénité et nous ne
leur répondrions pas. Comment leur dire que nous
avions affronté aujourd'hui notre peur la plus tenace
et que nous l'avions vaincue, jusqu'à la prochaine
fois ?

Chapitre seize

Trop de bruit, trop de passants. Trop de ville pour deux yeux. C'est vendredi. L'été, la fermeture des bureaux, les éclats de rire, les fentes dans la tête qui laissent percevoir le bleu d'un lac, les gestes amoureux. Que fait Bénédicte maintenant ? Et Vincent ?

Tout à coup, là, sur le trottoir d'en face, toi. Tu souris à la femme près de toi. Avec toi. Superbe. Sa peau d'ébène. Sa démarche. Tu lui prends la main. Tu décides de traverser, tu te faufiles entre les autos. Qui attendent le feu vert. Avec elle. Elle. Sourit, superbe sourire. Tu approches, elle approche. Ma poitrine. Le cœur. M'appuyer. N'importe où. Vite. Fuir. Entrer dans une boutique. Trop tard. Tu vas croiser mon regard, tu croises mon regard.

Ce n'est pas toi. J'ai trop bu, décidément.

Cette sueur entre les omoplates, ma robe. Trempée. Mes jambes, du chiffon. Le sang dans les tempes, j'ai chaud, j'ai froid. M'asseoir quelques minutes sur ce banc. Retrouver un peu de calme. Où suis-je ? À cinq minutes de chez Vincent. Sauvée. Si je ne me lève pas bientôt, je m'enfoncerai dans ce banc. Jusqu'à la nuit. Il faut héler un taxi. Mes jambes tremblent, mais elles tiennent.

Je donne l'adresse, puis c'est le vide. Je baisse les paupières, je ne pense pas. Surtout ne pas penser. La ville a disparu, le bruit, les passants. Je suis arrivée. Je règle. Tant pis, je ne demanderai pas de reçu.

Près de l'ascenseur, une voisine. *Vous êtes vraiment pâle.* Je lui fais un signe. Qu'elle ne s'inquiète pas, tout va bien.

Je sonne. Pas de réponse. Vincent n'est pas encore rentré, je sors mes clefs. Sur la table, une note. *De retour vers sept heures. À tantôt, mon amour.*

Mon amour. Les larmes montent, un déluge de larmes. Mon amour. Une immense langue dans ma bouche. Le sucre d'orge. Vincent. Je me roule en boule, dans le lit, au milieu de nos odeurs de nuit.

Chapitre dix-sept

Rien ne traverse le jour. Opaque, le jour, une draperie tirée. Je me regarde bouger avec mes yeux intérieurs, ceux qui se souviennent de mon corps détruit, de chaque fibre, chaque nerf, de mes mains paralysées.

Quand Vincent est revenu, hier soir, il a bien fallu lui expliquer. J'ai raconté, l'homme sur le trottoir, sa compagne, très belle, leur amour. Ma méprise, mon effondrement. J'ai choisi la vérité, je n'aurais pas su mentir. Il comprenait, a-t-il murmuré après un silence. Moi aussi, j'ai compris. Pendant quelques secondes, il a vu Elena. Avec un autre homme.

Nous avons passé la soirée au lit. Mangé au lit, parlé au lit. Puis nous nous sommes collés l'un contre l'autre et nous nous sommes endormis. Nous n'avons pas fait l'amour, il y aurait eu trop d'absence dans nos gestes.

Ce matin, tu es parti. Vincent dort, d'un sommeil paisible. Qu'a-t-il fait d'Elena? Je me lève, dépose un baiser sur sa joue, referme doucement la porte de la chambre. À cette heure-ci, la cuisine ne laisse filtrer qu'une lumière sans joie. Je remplis le réservoir de la cafetière, installe le filtre, compte les cuillerées, une deux trois quatre cinq six, je décompose chaque minute pour recomposer le présent.

Dans quelques instants, le café sera prêt. Vincent tendra les bras vers moi, je lui chuchoterai des mots d'amour et la chambre se remplira à nouveau de promesses. Nous feuilletterons le gros atlas et nous inventerons des fleuves de diamants, des forêts enchantées, des génies familiers. Nous ferons semblant d'être loin, assez loin pour que la mémoire ne puisse pas nous retrouver.

Un jour, tu seras une forme indistincte sur un lointain rivage. Il s'agit d'attendre. C'est une question de patience.

La voix de Vincent, la présence de Vincent. La vie une fois de plus adoucit les ombres. Je lève le store, j'apporte le premier café. Qu'est-ce que nous ferons aujourd'hui ? Il cherche quelque chose d'un peu fou. Et si nous partions à l'aventure ? Suivre une route, au hasard, arriver dans une auberge, un hôtel coquet ou un affreux motel, y louer une chambre, prendre des photos de nous, beaucoup de photos que nous ferons développer au retour, près d'un lac, à côté d'un bosquet, devant une fenêtre ou sur le bord d'une piscine. Quelle heure est-il ?

Vincent ramasse ses objets personnels, nous passerons à la maison pour prendre des vêtements. La ville s'ouvre à travers la fenêtre, dans le ciel les nuages moussent comme le lait sur le café, les baisers auront un goût de cannelle, ils laisseront des traces autour des lèvres. Ce sera une journée de répit.

Chapitre dix-huit

U ne cage de chair, je ne veux que cela. Deux bras
qui m'enserrent, des mains sur mes fesses, seulement cela, des gestes plus crédibles que les mots, et le
bercement de l'eau sur la rive. Qu'on me tienne serrée pour chasser les cauchemars. Le sommeil vient,
doux comme le lac, comme le rose campagnard de la
chambre, *Un rose auberge*, a commenté Vincent en
déposant les bagages.

Il dort. Chacune de ses respirations s'enfonce en
moi jusqu'à mes os. Vincent sera mon ange gardien.
Il possède ce secret, il démêle les espoirs et les regrets,
il n'a pas les pieds cloués à de vieilles histoires. À
midi, il a demandé à une femme de nous photogra-
phier à notre table de pique-nique, dans une halte
routière. Le vent ramenait mes cheveux devant mes
yeux, mais il voulait un souvenir, là, tout de suite, à
côté de la cantine.

Quand nous serons vieux, nous dirons, « Nous étions là ».
Il voit loin, trop loin pour moi encore, mais j'aime
l'assurance avec laquelle il prononce *nous*. Il m'entraîne dans son univers à lui, rempli de choses
simples, de framboises sauvages qui réapparaissent
tous les étés, d'oiseaux fidèles, de petits hôtels perdus

où il reste toujours un lit. Ici, nous avons loué la dernière chambre. Modeste, mais propre. Douillette. Pas une minute il n'a douté que nous trouverions un toit. Malgré l'éclat du soleil, les vacances, l'affluence des plaques d'immatriculation américaines sur la route.

C'est un phénomène étrange, la confiance. Sa confiance est aussi vaste que la nuit, la mienne casse à la moindre secousse. Elle ne réussit pas à se fixer profondément. Au fond de mes bonheurs s'agitent des spectres, voilà ma petite tragédie à moi. Mais pas à moi toute seule.

Ça ne m'avait jamais frappée chez Philippe. Bel homme, mon frère. *Il ressemble à oncle Jean*, dit maman, sa carrure, la fossette dans le menton, une sorte de distinction naturelle. Et puis ce poste dans une agence de développement international, les gens viennent le rencontrer des quatre coins de la planète, ses voyages, sa vie stable, on jurerait que les dérapages de la vie ne l'ébranlent pas.

Nous chantions avec Véronique, Anne et moi, en lui montrant dans l'album tout neuf les animaux de la ferme. Elle se frottait les yeux. Dans quelques minutes, elle s'endormirait sur le divan et je la transporterais dans sa chambre de petite fille choyée.

Mais l'auto de Philippe s'est immobilisée dans l'entrée, Véronique s'est levée brusquement pour aller l'accueillir, complètement réveillée maintenant. Nous nous sommes regardées, Anne et moi, notre stratégie venait d'échouer. Philippe est apparu, tout sourire, sa fille dans les bras. Il lui racontait sa journée, il a sorti de sa serviette de cuir un livre illustré d'un pays d'Afrique, elle s'est installée sur ses genoux pour tourner une à une les pages en posant beaucoup de questions, pour retarder le moment du coucher. Philippe faisait mine de ne pas s'en rendre compte. Il expliquait chaque photo en détail, c'était un tableau touchant, les boucles châtaines de Véronique contre cette barbe noire.

J'ai fermé un instant les yeux pour essayer de retrouver, dans mes souvenirs, une scène comme celle-là, avec papa, mais rien n'est venu. Seulement nos trois livres de contes, leurs dessins démodés, les fées qui avaient l'air de madones, la voix de maman parfois si fatiguée et Noëlle qui demandait invariablement, *Où papa ?* Papa n'était pas encore rentré, il faisait des heures supplémentaires, maman s'y était résignée. Les carrosses continuaient à se changer en citrouilles et les princes en crapauds, nous entrions avec elle dans une vie heureuse peuplée de nombreux enfants.

Anne gonfle comme un ballon, *Le bébé bouge déjà,* dit-elle, en posant les mains sur son ventre. Philippe lui a souri, c'est leur rêve à tous les deux, ce ventre qui dans quelques mois se déversera dans un berceau. *Nous remplirons la maison d'enfants.* Véronique a applaudi, comprenait-elle ce que disait Philippe, peu importe, elle partageait avec son père la magie d'une demeure sans fissures.

J'ai tressailli. Quelque part dans ma tête, un tout petit garçon battait des mains. Papa était rentré plus tôt ce soir-là, maman ne raconterait pas pour la centième fois *Cendrillon*, nous avions notre papa bien à nous. Il nous construirait des tracteurs avec le jeu de Meccano, des maisons de petites briques rouges, des édifices solides qui ne risqueraient pas de s'effondrer à tout moment.

Vincent rêve, il prononce mon prénom, il me sert plus fort encore. Je lutte contre le sommeil, je n'ai pas envie de dormir. Je veille. Je veille, blottie contre mon ange gardien.

TROISIÈME CHANT

Le fil d'Ariane

Chapitre un

C oup de théâtre. Encore un autre, c'est ce que je me suis dit.

François a téléphoné de New York. Mon petit frère revient. Est-ce qu'il peut demeurer chez moi, le temps de se trouver un appartement? Pourquoi chez moi, pourquoi pas chez maman ou chez Philippe? Mystère. C'est le fils de papa, François, il parle si peu. Il faut faire des déductions. J'ai pensé aux enfants chez Anne et Philippe. J'ai pensé au débordement d'amour qu'il aurait chez maman, il ne pourrait pas bouger. Cette réponse m'a suffi, j'avais bien d'autres choses à régler. Par exemple, où allait-il dormir? J'ai erré dans la maison, j'ai examiné les différentes hypothèses, le salon, ma salle de travail, la pièce où sont entassées tes boîtes. J'ai opté pour la salle de travail, je la réorganiserais, j'achèterais un divan-lit, François se sentirait à l'aise. Et puis ma salle de travail ressemblerait à un petit boudoir.

J'ai fait taire mes hésitations. Au fond, je n'étais pas contente de moi. Quand donc est-ce que j'accepterais de me débarrasser de tes affaires?

Je n'ai pas demandé à François si je pouvais annoncer la nouvelle à maman. J'ai décidé de ne rien

dire. On lui ferait la surprise une fois François arrivé
à Montréal, on devait la protéger des revirements du
destin. Si François changeait d'avis? Il me faut beaucoup de preuves avant de croire, des trous bien pro-
fonds dans lesquels je peux enfoncer les doigts.
Alors, j'attends en faisant semblant que je n'attends
pas, j'espère mais, en même temps, je me méfie.

La nuit dernière, tu me téléphonais de New York,
tu m'annonçais ton retour. Je disais oui avec des
lèvres un peu inquiètes, le lit serait-il assez grand
pour nous trois, François, toi et moi? Mais Vincent
s'est retourné et je me suis réveillée. Autour, le noir
laissait passer comme une transparence. L'aube
s'annonçait, je suis revenue à la réalité.

La nuit, on confond tout. Les intentions, les
hommes, les gestes, la façon qu'ils ont de dire, *Je pars*
ou *Je reviens*, d'une voix indifférente. François, lui, a
attendu une journée de printemps qui sentait le lilas.
Il avait dix-neuf ans ce dimanche-là et nous nous
retrouvions ensemble, bon anniversaire François. Il a
éteint les bougies et il a ajouté, du même souffle, qu'il
partait. Il s'était trouvé du travail dans l'Ouest, les
puits de pétrole, le pays, l'aventure.

Maman s'est précipitée dans la cuisine, papa l'a
suivie. Nous sommes restés autour de la table tous les
trois, Philippe, François et moi, sans savoir comment
réagir. La maison serait un peu plus déserte, maman
un peu plus triste. Pour Philippe et moi, la terre pèse-
rait un peu plus sur nos épaules.

Mais papa est revenu avec une bouteille de
brandy. Il approuvait la décision de François. Il était
fier de son fils. Philippe s'est détendu, il a porté un
toast. Papa venait de lui donner la permission de par-

tir à lui aussi. Maman s'efforçait de sécher ses yeux, elle versait du café dans nos tasses, je ne savais plus ce qu'il fallait boire d'abord, le café ou le brandy, le mot *départ* ne passait pas dans ma gorge.

François revient. Cette phrase n'arrive pas à se fixer dans ma tête avec sa réalité, beaucoup de bagages, un petit accent anglais qui perce parfois à travers le français, des cheveux bouclés, la démarche de papa. François revient et je sens un frisson courir le long de ma colonne vertébrale, je crains les chats noirs, les miroirs brisés, les téléphones à deux heures du matin, les sirènes des ambulances. Nous nous étions faits à son absence, nous n'attendions plus rien de lui.

Pourquoi François revient-il? Pourquoi est-ce que je ne l'installe pas dans la pièce où sont entassées tes affaires? Voilà la vraie question, la question du deuil. Et je n'ai pas de réponse pour le moment.

Chapitre deux

Dans mes souvenirs, j'ai déposé le dos courbé de grand-maman, cette fête pour ma première communion, deux ou trois chats trouvés, un poisson rouge, mais pas d'oiseaux, pas d'oiseaux.

Enfant, je ne savais pas dessiner des ailes, les passereaux avaient des ailes de pigeons, et les pigeons des ailes de moineaux. Même les anges ne réussissaient pas à s'envoler. Alors je les assoyais au pied d'un lit. Je leur faisais des plumes avec des reflets or tendre, des yeux aussi pâles que ceux de Noëlle. Les yeux de maman sont couleur de terre, on n'aurait jamais pu la dessiner en ange, elle appartient à l'humanité qui tousse et hoquette et s'agite avec des mains de chair.

Elle me téléphone tous les jours maintenant, sans raison précise, dit-elle, seulement pour bavarder. Qu'est-ce que je fais? Est-ce que j'avais vraiment besoin de ce nouveau divan-lit? Elle sent les choses, elle sait poser les bonnes questions et j'ignore encore comment lui mentir. Mais je résiste, comme si je n'avais jamais appris à reconnaître les intonations, je réponds à côté. Tantôt, je lui ai décrit les fleurs du divan-lit, elle m'a demandé si j'allais bien, on ne peut constamment détourner la conversation sans susciter son inquiétude.

J'essaie de reprendre mon ancienne place à ma table de travail. Celle que j'occupais avant. Quand ma vie n'était pas encore déchirée en deux parties sans rapport entre elles. Maintenant, tout près des dictionnaires, je peux baisser les yeux et apercevoir les couleurs chatoyantes du divant-lit. Je vois la huitième carte du tarot, cette femme assise qui tient une balance en or et je pense au retour de François, je juge mieux, on dirait.

Ma traduction est terminée. Même les révisions des révisions. Je palpe le manuscrit devant moi, deux cents cinquante pages bien tassées, qui se retrouveront à la rentrée sous une couverture glacée, avec mon nom sous le titre. Voilà, c'est fait, je suis soulagée. Le temps se recolle doucement, je me souviens de moi comme si c'était moi. C'est-à-dire, ici, à ma table de travail, je ne suis plus partout à la fois. Il y a des murs et des fenêtres, des entrées au dictionnaire, des synonymes qui ne remplacent pas parfaitement les mots mais qu'on emploie, malgré tout, contre la lourdeur de certaines répétitions. Il y a la distance que je franchis entre la porte et ma chaise rembourrée, et tous les pays que je survolerai un jour.

La douleur agrandit notre espace, a dit Bénédicte.

Elle s'est arrêtée chez moi une heure, le temps de prendre un thé avec moi avant d'aller faire une entrevue à quelques rues d'ici, sur la douleur justement. Lorsqu'on a mal, a-t-elle expliqué, l'univers perd ses limites, nous habitons en même temps le ciel et la terre, le nord et le sud, la forêt et la ville. C'est vrai, aucune gravité ne nous retient au sol, toutes les vies sont possibles, tout, on est près de la perfection. Mais nous ne sommes pas de purs esprits et tôt ou tard nous avons besoin d'être retenues par des bras, protégées par un toit, entourées de livres et d'amitiés. Nous passons notre vie à tracer les contours d'une demeure habitable. Quand elle s'effondre, nous recommençons ailleurs, toujours nous recommençons. Ou nous mourons.

J'ai essayé d'imaginer ta nouvelle maison, là-bas. J'ai vu un désordre, immense. Des cendriers, des feuilles par terre recouvertes de formules mathématiques, tes vêtements marine pêle-mêle sur une chaise. Et puis des dessous de soie blanche, semblables à ceux que tu aimais me voir porter. Pour la première fois, j'ai été capable de regarder cette image, il s'agirait de la placer dans un cadre, un tout petit cadre accroché à ma mémoire. Alors, elle ne flotterait plus partout dans ma tête. Partout et nulle part.

Chapitre trois

J'ai choisi de marcher, malgré la chaleur. J'aurais pu prendre l'autobus. Ou le métro. Ou un taxi. J'ai choisi de marcher, mon manuscrit sous le bras. En sortant, j'ai salué ma voisine en espagnol, puis j'ai posé les pieds sur le trottoir. Ma traduction avait franchi le seuil de la maison, la séparation avait commencé. La rue suait, les retraités dormaient à l'ombre des balcons, les érables se laissaient roussir par le soleil. J'ai descendu la rue en pensant au désert, quarante jours et quarante nuits, une marche de deux heures ne suffirait sûrement pas.

Dans ma main, la poignée de ma serviette était humide déjà, le cuir s'imprégnait de ma moiteur, c'est ce que je déposerais tantôt devant l'éditeur, chaque effort, chaque battement du cœur me rapprochait d'une minuscule mort. Deux ans, presque deux ans de travail qui s'achèveraient tout à l'heure dans un bureau du centre-ville. Mon corps, mon sang, oui, tous les pièges du texte original, les détours, les ruses qu'il m'avait fallu pour sauvegarder la musique du texte, au risque de sacrifier le sens. Les longues soirées à scander les syllabes tandis que, de ton côté, tu calculais les surfaces. Les belles euphories quand, de façon imprévue, les sonorités s'accrochaient à une figure exacte, et les déceptions, si nombreuses, les mots de ma langue que je n'arrivais pas à ranimer.

Où étais-je ? Le soleil était si chaud maintenant que les arbres ne tressaillaient plus et pourtant j'avançais, j'avancerais un pied devant l'autre, jusqu'à ce bureau, au cinquième étage d'un building, à quelques rues seulement de l'édifice où tu avais travaillé pendant douze ans. Bientôt, je passerais devant notre appartement, c'était l'appartement de ma traduction après tout, pas seulement celui où nous avions échangé nos derniers baisers.

Le manuscrit avait résisté à ton départ. Dans ma serviette, je portais la preuve de ma survie. J'avais réappris à marcher, fièrement, à m'enfoncer dans les bruits de la ville, à contourner les mouvements de la circulation, à traduire la voix d'une autre femme, bien sûr, mais c'était aussi ma voix que je transportais au milieu de la rumeur, ma voix de rescapée.

Notre appartement. Je me suis arrêtée, de l'autre côté de l'avenue, à l'arrêt d'autobus. Pas de rideaux dans la porte-patio, aucun mouvement à l'intérieur. Puis un énorme chat noir est venu coller son nez sur la moustiquaire, un chat hideux, et tous mes muscles se sont détendus. C'était un autre lieu maintenant, nous n'y habitions plus.

Une ambulance est passée. Un autobus. Un camion. Un deuxième camion. J'avais oublié le vacarme l'été, le ruban de poussière noire sur la bordure des fenêtres, l'écrasant soleil qui plombait sur ma table de travail les après-midi de juillet, ton impatience quand la voisine allumait la radio à sept heures le matin. Tu t'isolais dans un mutisme froid, tu partais sans m'embrasser, j'avais oublié, tes sautes d'humeur, tes colères parfois, tu étais un humain et j'avais oublié.

Derrière la porte-patio, je pouvais maintenant distinguer une ombre. Une femme aux cheveux gris a poussé la moustiquaire et le gros chat est sorti sur le balcon, immensément noir. Répugnant. Il s'est approché des barreaux de fer forgé comme s'il me cherchait. J'ai serré la poignée de la serviette. Tout noircissait dans mes souvenirs, je me suis mise à courir.

J'avais pris la fuite. J'ai souhaité très fort que tu ne reviennes jamais. Que tu ne voies jamais ce que j'ai de mes yeux vu. Ce qu'il vaut mieux sans doute ne jamais voir pour continuer à m'aimer un peu.

Chapitre quatre

L a vie tient dans un regard qui cherche un autre regard pour s'y noyer. J'ai transcrit la phrase dans le cahier rouge. Je ne sais pas qui la dira. N'importe qui sans doute, c'est une affirmation universelle, elle vient d'une mémoire fausse, de cette mémoire qui s'acharne à réparer les images du passé.

François dort encore. Il est arrivé sans prévenir. Deux coups de sonnette, j'ai pensé, un autre écolier qui veut me vendre du chocolat, et je me suis retrouvée devant mon frère, épuisé, la barbe longue, il avait fait le trajet depuis New York en autobus.

Mon petit frère. Nous nous sommes embrassés, par convenance plutôt que par tendresse. Nous étions intimidés, il faudrait réapprendre les gestes d'affection. Vincent s'est approché, j'ai fait les présentations, François a pâli, maman ne lui avait pas appris ton départ. Brève poignée de main et puis plus rien, le silence. Alors, Vincent a prétexté un rendez-vous, il s'excusait, il me téléphonerait dans la soirée.

Nous sommes restés seuls, face à face, il a bien fallu affronter le malaise. J'ai commencé par le voyage, la vie aux États-Unis, ma vie à moi, notre rupture. Le mot m'a échappé. Jusque-là, il me restait sur la langue, il ne franchissait pas la barrière de mes lèvres. *Rupture.* Je l'ai répété comme si je prenais les ciseaux pour découper une photo de mariage en deux parties égales. Je l'ai répété à plusieurs reprises, peut-être pour chercher l'approbation de François. D'abord, il n'a pas bronché, puis en fronçant les sourcils, il a avoué, *Je n'ai jamais aimé Jérôme.* Seulement cela, cette vérité, qui a jeté des flaques de lumière froide sur le tapis. Il n'ajouterait rien, du moins pas maintenant, je le savais.

Je me suis levée pour aller préparer les pâtes. Il pourrait s'installer au premier, suspendre ses vêtements, prendre un bain, s'étendre. Étaient-ce des paroles de sœur ou de mère, la question m'a effleurée un instant pour se perdre dans une succession de gestes quotidiens, laver les légumes, faire bouillir de l'eau, hacher le persil, des gestes qui nous distraient des aveux difficiles.

Tu n'étais sympathique ni à Bénédicte ni à François. Et Philippe ? Anne ? Maman ? Mon paysage venait encore une fois de se métamorphoser, je découvrais des montagnes de pierres sur le vert des gazons, des détritus, des oiseaux morts.

J'ai attendu que mon malaise se dissipe, comme une saveur trop forte, ou un remède sur la langue. J'ai débouché la bouteille de chianti, il était fruité, léger dans la bouche, presque moelleux. François était redescendu, en robe de chambre, il se versait un verre, lui qui ne buvait pas. C'était un geste que je ne lui avais jamais vu.

Étrange soirée. J'ai mangé devant un homme qui, avec des mouvements précis, soulevait une coupe jusqu'à ses lèvres, et la déposait sur la nappe rose, avec un petit bruit sec. Puis la voisine a commencé à chanter. Sa voix est montée avant même le coucher du soleil, on aurait dit qu'elle chantait pour François, uniquement pour lui. Elle me l'avait enlevé dès les premières vocalises, elle l'enveloppait, elle le berçait.

J'ai passé la soirée à espérer un événement à garder dans les replis de la vraie mémoire. Un événement qui, j'en étais sûre, ne se produirait pas.

Chapitre cinq

L a lumière a sombré en quelques minutes seulement et le ciel a commencé à se mouiller. Les
gens couraient dans toutes les directions, on cherchait des abris, on trouvait refuge dans la cafétéria, on
se dirigeait vers les autos. Il ne restait que moi sur
mon banc, et ce vieillard qui contemplait les minuscules poinçons d'acier dans l'étang. La pluie s'accro-
chait à mes cils, descendait le long de mon cou, ma
blouse me collait à la peau. Mais il ne me venait pas
à l'esprit de me lever, comme si autour de moi
l'espace était complètement bouché.

Je n'ai jamais aimé Jérôme. Que cette phrase qui me
martelait la tête. Curieusement, au réveil, je n'y avais
pas repensé, trop préoccupée sans doute par cet inconnu qui dormait dans mon divan-lit tout neuf. Puis
il se lèverait, il se raserait, s'assoirait devant moi et la
distance se creuserait encore davantage. Nous ne par-
viendrions pas à nous réunir autour d'une vieille
enfance dans une vieille maison de brique rouge,
une famille modeste, une mère aux pupilles rési-
gnées, un père qui n'avait pas appris à nous consoler.
Une sœur qui, sans le savoir, préparait son enlève-
ment.

J'ai mis du rose sur mes joues et je suis sortie, sans me demander où mes pas me mèneraient. Tout se confondait, les rues, les arbres, les cafés, les habitudes. Et je me suis retrouvée dans le parc, près de l'étang, pour y entendre cet aveu, *Je ne l'ai jamais aimé*. Une jeune femme se confiait à une amie pendant que son fils lançait des miettes de pain à un canard.

Le regard fermé de maman quand tu lui racontais tes voyages. Le sourire fermé de François, les rares fois où il t'avait rencontré, la moue de Bénédicte. Alors, je me mettais à espérer, tu finirais bien par les séduire, elle et les autres, ils succomberaient. Mais la même moue se dessinait infailliblement sur les lèvres de Bénédicte, maman retrouvait son sourire figé, François hochait la tête, machinalement, comme un médecin. Le miracle ne s'était pas produit et, pourtant, la terre continuait de tourner, douce et ronde, au moins elle ne nous avait pas trahis.

Je n'arrive pas à comprendre, avait dit Bénédicte, un soir de confidences. Je ne demandais à personne de comprendre, est-ce qu'on peut trouver les mots pour expliquer l'attirance, les doigts qui s'approchent du ventre, les ongles mal coupés ou la maladresse d'une phrase, est-ce qu'on n'aime que des hommes qui nous ressemblent ? J'avais crié et l'écho avait transporté ma voix très loin dans la campagne, plus loin que les vagues du lac, jusqu'à la chute du soir, au pied de la montagne, et l'horizon s'était enflammé. Je m'étais levée, terrible devant l'immensité du monde.

Mais tu m'aimais, toi aussi. Je trouvais les phrases pour te défendre. Maintenant, aucun mot ne me viendrait.

Chapitre six

François buvait sa bière, lentement. De temps à autre, sa tête s'étirait vers l'écran de pluie derrière la vitre, il semblait perdu dans sa contemplation, puis se rappelait mon existence et m'adressait un regard distrait. Rarement le crépuscule m'était-il apparu aussi près du soir, le soir aussi près de la nuit, la nuit aussi près d'une sagesse des choses tenant à la simplicité.

Assise sur le canapé, les jambes repliées sous mes cuisses, je buvais un grog bien chaud, par petites lampées, en me faisant sécher les cheveux. J'étais rentrée si détrempée que nous nous étions mis à rire tous les deux. Un reste d'enfance avait surgi entre nous, François avait imité maman, quand elle les disputait, Philippe et lui, *Pourquoi avez-vous joué sous la pluie? Vous allez avoir une autre grippe.* Elle voyait ce que nous ne voyions pas, les longues nuits de toux, l'insomnie forcée, la fatigue. L'inquiétude.

La voix de maman. Les reproches de maman. Rien que cela et nous étions redevenus du même sang, nous avions été fabriqués dans la même chair, on nous avait déposés un beau matin dans le même berceau de bois blanc. C'était un souvenir que les plus longues séparations ne réussiraient pas à épuiser.

Les yeux de François s'obstinaient à passer de la pluie à mes cheveux, puis de mes cheveux à son verre et je m'enroulais dans ce mouvement, apaisée maintenant, confiante dans la mémoire des générations. François aussi peut-être, pour qu'il consente à ce point. Pour que j'entende distinctement, *Noëlle, je ne la cherche plus. Je suis revenu pour de bon.*

Entre le départ de François et la disparition de Noëlle, nous n'avions jamais fait de lien, ni maman, ni Philippe, ni moi. J'ai porté ma main à ma joue, comme s'il m'avait giflée. Trop de distance s'effaçait tout à coup, c'était le vertige, la même blessure, mes traits, ses traits, notre attente. Le vertige ou peut-être la fièvre, les joues me brûlaient. J'étais face à un problème de distance, oui, nous étions des planètes folles dans un ciel fou, nous tournions l'un autour de l'autre en risquant tout à coup de nous fracasser.

J'ai voulu que François énumère les villes où il avait espéré la retrouver. Un chapelet de noms a défilé, Edmonton, Vancouver, Seattle, San Francisco, Las Vegas, Miami, Chicago, New York. Pourquoi ces villes et pas d'autres ? *Pourquoi pas ?*, a-t-il dit, Noëlle pouvait vivre n'importe où, intangible, aussi immatérielle qu'un fantôme dans un miroir. François avait renoncé. Il n'avait plus l'air d'un héros, il revenait en portant son échec.

Les nuages ne laissaient plus échapper que des gouttes molles qui glissaient contre la fenêtre. François m'a souri. J'ai remarqué une raie à la commissure de ses lèvres, elle remontait vers le nez, une première ride, presque imperceptible, mais déjà là. J'ai pensé, pour de bon. L'air devenait moins lourd maintenant, une brise agitait le rideau, on respirait déjà plus aisément. Dans ton fauteuil de cuir, mon petit frère sirotait sa bière, une certaine tendresse dans le regard. Alors, sans réfléchir, j'ai franchi les deux mètres de motifs du tapis entre nous. Je suis allée me blottir dans ses bras, sans peur, sans appréhension, comme on s'approche de quelqu'un qui a traversé son image. Qui ne risque pas de nous détruire.

Chapitre sept

Ce n'était pas une carte postale que j'aurais épinglée, à côté des autres, sur le babillard de la cuisine. Non, une lettre, une longue lettre en petits caractères fins que j'ai dû déchiffrer, une écriture surprise et émue, où se laissaient sentir, mêlés, la lumière obsédante de la Crète et le chagrin, trop de pureté, de douceur, de sources de lumière qui se croisaient sans se confondre dans le bleu immaculé.

Madame Girard ne veut pas rentrer. On n'aurait jamais dit qu'elle avait habité quarante ans dans ma maison, sans faire de voyages. *Je reste*, disait-elle, *je poursuis ma quête*. Elle était maintenant dans un hôtel, près de la mer, à Hérakleion. Tous les matins, elle se rendait à Knossos en autobus, c'était un pèlerinage, elle se promenait dans les ruines, elle imaginait la vie dans ce labyrinthe grandiose, puis la légende, le Minotaure, et Ariane, Ariane et son fil.

J'ai lu et relu, avec un respect presque effrayé, les signes nerveux, couchés sur le papier oignon. Puis, comme s'il s'agissait d'une lettre d'amour, j'ai caché l'enveloppe dans un livre. Je n'en parlerais pas à Vincent. Du moins, pas immédiatement. Cette lettre était trop près de moi.

Devant François, j'ai prétexté des courses urgentes et je suis sortie. La maison était trop étroite, je parcourrais toute la ville d'est en ouest, les grandes artères, les églises, le cimetière, la montagne, je rejoindrais Madame Girard dans son éblouissement. Un soleil discret mais décidé immergeait le paysage, et, plus je m'éloignais, plus il me semblait que le monde n'était là que pour qu'on le traverse, résolument, en abandonnant derrière soi ses peines.

Du haut de la montagne, j'ai contemplé la ville et je me suis mise à dériver sur le fleuve, jusqu'au golfe, jusqu'à la mer, jusqu'à cette force obscure qu'il faut pour recommencer. C'était le balancement vivant de la vie, hors des limites et des frontières, hors de la prison du passé. Alors, je t'ai vu, au Brésil, j'ai vu le sang de Monsieur Girard dans la poussière de la cave, et Noëlle, vous trois dans une même vision qui s'effaçait derrière la mystérieuse éternité du temps. Je me suis vue, moi, sereine et détachée.

Un jour, nous nous reverrions toi et moi, un jour nous nous croiserions dans une contrée inconnue et tu serais devenu une ancienne idée, un homme parmi tous les hommes. Nous nous saluerions, sans amertume, *Bonjour, comment vas-tu ?*, cette phrase seulement, anonyme, que disent les anciens amants quand les regrets ont disparu.

Je me suis vue, détachée. Je me suis vue ainsi, avec des racines flottantes dans la clarté d'un jour qui avait avalé le temps.

À la maison, François m'attendait, assis dans le fauteuil de cuir. Devant lui, Vincent. Ils bavardaient, il était question de l'étranger, de l'Amérique, de l'Italie. Je me suis servi à boire, puis je me suis assise en tailleur sur le canapé. Ils m'ont trouvée songeuse, où étais-je donc passée ? Toute la journée, j'avais suivi un fil qui m'avait menée très loin. Vers une porte qui s'ouvrait sur les deux côtés du temps. Mais je n'aurais pas su comment le dire.

Chapitre huit

Nous étions tous là, dans la salle à manger. Maman, Philippe, Anne, les enfants, François. Et Vincent, pour la première fois.

C'était un vrai dimanche, maman portait une robe soyeuse, François, son petit François lui revenait, elle avait du mal à le croire, nous serions désormais tous réunis. À croire que Noëlle ne lui manquait pas. Pendant quelques jours, elle sortirait de sa nostalgie, puis de nouveau l'absence s'imposerait, comme le silence avant les adieux. Et il faudrait la consoler. Je l'inviterais au cinéma ou je louerais un film hollywoodien qui lui rappellerait un vieux passé, avec des visages maquillés à l'ancienne. Pendant quelques minutes, je réussirais.

C'est-à-dire, j'échouerais. Elle s'animerait en se rappelant des noms qu'elle avait tant de fois prononcés, ses paupières tomberaient un peu, elle s'enfermerait dans son cloître intérieur. Une fois de plus, je plaiderais coupable, je ne serais pas arrivée à la sauver.

Sur la table, j'avais placé des salades, des viandes froides, des hors-d'œuvre, des serviettes de papier aux imprimés extravagants, des œillets roses, je n'avais rien négligé. La veille, j'avais fait les courses avec

Vincent et François, au marché italien. Nous avions longuement déambulé tous les trois au milieu des effluves et des couleurs, les bras chargés de victuailles, fébriles, la fête avait déjà commencé. Nous avions choisi un à un les fruits, goûté les saucissons, acheté autant d'épices que si nous avions découvert la route des Indes, c'était l'abondance, la tendresse et le rêve étroitement mêlés. La journée avait échappé à la continuité du temps. Et puis j'aimais cette connivence entre Vincent et François, cela semblait venir d'un renoncement, je lisais dans leur attitude le fléchissement d'une douleur acceptée, tranquille, désormais préparée à la joie.

À midi, pourtant, ce n'était plus le même François. Il s'est avancé vers maman pour l'embrasser avec des gestes prudents comme s'il craignait de la briser en la serrant trop fort dans ses bras. Ensuite, il s'est assis à côté d'elle et s'est tu. Il était redevenu le benjamin, celui qui se laisse aimer en faisant oublier qu'il est un homme maintenant. Au moment où nous avons trinqué à ses projets, j'ai vu passer dans ses yeux une ombre, le regret d'avoir grandi.

Mais dans l'érable sur le gazon est apparu un écureuil, une noix dans la gueule, et Pascal s'est mis à crier en tendant vers lui ses petits doigts. Maman s'est levée pour le prendre dans ses bras, c'était lui le benjamin maintenant. Ils sont allés vers la fenêtre et l'ombre s'est dissipée dans le regard de François. Il a retrouvé la voix, sa voix d'homme, il s'est mêlé à la conversation. Nous parlions en effet, Vincent, Anne, Philippe et moi. Maman est sortie avec Pascal et Véronique, les mains pleines d'arachides, et nous avons parlé en mettant tous nos verbes au futur.

Ma boule dure ne s'était pas fait sentir, je ne l'ai pas remarqué sur le coup, seulement après leur départ. C'est François qui, sans connaître ma question, a trouvé la réponse. Nous avions réussi à fixer des images de bonheur dans la lumière de midi.

Chapitre neuf

J'ai dit, *La vie humaine est un scénario qui n'en finit pas de reprendre les mêmes scènes.* Devenir amoureux, vouloir garder cet amour, le voir se détruire, le perdre. Seule change la figure du personnage. Un pli de plus sous le menton, les cheveux de plus en plus gris.

Bénédicte est tout au début, c'est l'illumination. Vincent et moi, nous sommes rendus à la case deux, nous nous fabriquons des repères. Déjà Vincent parle des prochaines vacances, et je ne sursaute même pas. J'entre dans sa fiction. Ce n'est pas un mensonge, plutôt une vie aveugle dans la vie. J'avais d'abord pensé à une foi naïve, mais je me suis ravisée, on dirait plutôt une espérance.

Je ne sais pas pourquoi j'ai exposé mes idées à mon petit frère. Il m'a écoutée attentivement sans trop comprendre. Jusqu'à maintenant, François n'a vécu que de brèves aventures, de ces histoires où on n'a pas l'impression de perdre l'autre au moment d'une rupture. Puis il a lancé, en boutade, qu'il aimerait bien, une fois, un amour qui dure. Le désir ne lui suffisait plus. Il parlait avec la tonalité décidée de Vincent. Il parcourait les offres d'emploi dans le journal. La veille, il s'était rendu au centre d'emploi, aujourd'hui il se proposait d'aller rencontrer les gérants des grands hôtels. Il finirait bien par se trouver quelque chose, même en dehors de son métier, ne s'était-il pas débrouillé dans le passé ?

Lui avais-je déjà raconté ? La scène était encore terriblement présente dans ma mémoire. Je m'étais arrêtée à la maison, papa s'était blessé au travail et devait se reposer quelques jours, il fallait le distraire. Maman sortait un gâteau du four quand la sonnette a retenti, c'était le courrier recommandé. Papa a mis ses lunettes pour signer maladroitement la feuille que lui tendait l'employé. Puis il a pris le cylindre de carton, adressé à son nom. L'emballage contenait un certificat d'électricien, avec le nom de François, imprimé en beaux caractères, et le sceau rouge. Enroulé dans le certificat, un petit mot, mal griffonné, *Gardez-le pour moi*, et puis l'initiale *F.*, rien d'autre. François avait suivi des cours à Vancouver, personne ne le savait.

Papa tenait le parchemin, incapable de prononcer une parole, il était ensuite sorti sans dire où il allait. Il était revenu avec un cadre doré et une bouteille de vermouth, je l'aiderais à trouver le meilleur endroit pour accrocher le certificat, et puis je resterais à manger avec eux. Maman m'avait fait un clin d'œil, attendrie. Papa triomphait. Il avait oublié mes diplômes à moi tout comme ceux de Philippe.

Et pourtant, je souriais. Maman avait placé un disque d'Édith Piaf sur la table tournante, elle nous avait versé de généreuses portions de vermouth et s'était assise, avec moi, pour fumer une cigarette. Elle rejetait la fumée par volutes avec l'insouciance d'une jeune fille et s'est mise à parler de grand-mère avec des mots que je ne lui connaissais pas, des mots

qu'on dit quand on peut commencer à aimer une
mère dont on n'attend plus ni patience ni passion. Je
l'écoutais sans oser remuer sur la vieille chaise qui
craquait. Maman me parlait, à moi, comme on parle à
sa fille, tandis que papa retrouvait son fils.

Un jour, je lui parlerais moi aussi, je lui demanderais ce qui s'était perdu entre nous. Peut-être qu'un
jour il y aurait un espace libre à la droite du cœur.

Elle m'avait pourtant posé la question, *Et toi ?* J'ai
choisi la facilité, je lui ai parlé de toi. Nous venions
d'emménager ensemble, c'était l'euphorie, j'occupais
mes soirées à décorer l'appartement comme si l'avenir
de la terre en dépendait, je voulais des teintes chau-
des qui nous protégeraient. Je n'avais pas eu l'audace
de lui parler de moi.

Case deux, c'est là que nous étions, là où on ne
veut pas savoir que la fin est déjà dans le commencement. Sauf si l'amour a eu lieu entre une fille et sa
mère. Alors, on conserve ses passions dans une vaste
mémoire. Il n'y a plus de fin et de commencement,
mais un trajet, tout en boucles, où la vérité ne se perd
pas tout à fait.

Chapitre dix

J'avais ouvert mon agenda pour vérifier un rendez-vous et voilà à quoi mon regard est resté suspendu. Le prénom *Étienne*, en majuscules. Juste sous le chiffre sept. L'anniversaire de ton fils. Aujourd'hui. J'ai refermé mon agenda sans remarquer que mon rendez-vous était noté sous le chiffre huit. Une petite voix me suppliait de lui téléphoner. Et puis une autre chuchotait, est-ce bien nécessaire ?

Je n'ai pas pensé un instant que tu lui téléphonerais, toi. Ton fils attendait un signe de toi, tu le savais, et tu ne répondrais pas. Tu passerais une journée normale, tu mangerais, tu travaillerais, tu ferais peut-être l'amour sans te préoccuper de son chagrin.

Dehors, un homme très long poussait une toute petite enfant sur une bicyclette rose bonbon, cette image tout à coup est devenue insupportable.

Je me suis trompée à deux reprises en composant le numéro. J'ai dû raccrocher et prendre une bonne respiration. Avec un peu de chance, on ne répondrait pas, je laisserais un message et Étienne me rappellerait s'il ne m'en voulait plus.

Personne. J'ai écouté le message de Judith jusqu'au bout, puis j'ai articulé mes vœux avec cette voix chevrotante qui me vient quand le cœur se tasse contre les côtes. Au moins, j'avais agi comme il fallait.

Sur le trottoir, la fillette avait fait quelques longueurs en maintenant sa bicyclette en équilibre, l'homme applaudissait. Je les ai bien regardés, cette fois, l'homme très long et la fillette minuscule. Et une immense colère m'a submergée. Cela s'est produit brutalement, comme une mer qui déferlerait sur la plage, la ville, le pays, la terre entière, qui recouvrirait les arbres et les croix, les maisons et les écoles, emporterait les granges et les animaux, saccagerait, dévasterait, détruirait, noierait, tuerait, tuerait, tuerait, tout en une tuerie sauvage. Cela s'est produit, un trou noir, dans mon crâne, mon cœur, dans mes os, un trou inimaginable où ton cadavre est apparu sur les vagues, bleu et boursouflé.

Quand j'ai retrouvé mes yeux à moi, ce n'étaient plus mes yeux d'avant. Je pouvais voir à travers les choses, même les insectes pendus au fil de mes pensées.

Chapitre onze

Noëlle, elle ne sortirait jamais de l'adolescence. Il la verrait toujours avec ses jupes courtes et ses paupières trop maquillées, même quand il serait très vieux, si fatigué qu'il aurait oublié les sillons des patins sur la glace l'hiver ou les caresses furtives échangées sous les lilas. De quoi François se souvenait-il d'autre ? De détails si fragiles qu'ils avaient du mal à prendre une épaisseur, d'insignifiances qui s'étaient accumulées pour former un portrait de Noëlle qu'il ne pouvait partager avec personne.

Je n'ai pas insisté. Je ne suis pas revenue sur l'air émerveillé qu'elle avait quand elle avait senti pour la première fois le petit corps chaud de son frère dans ses bras, le foulard bleu qu'elle lui avait tricoté, je n'ai pas dit, comme maman aimait à le répéter, à quel point elle l'avait gâté, à quel point.

Puis cela avait cessé, brusquement. Elle avait refermé la porte de la chambre derrière elle sans lui permettre d'entrer, elle voulait rester seule avec ses songes, toute la journée elle songeait. À quoi pouvait-elle bien penser ? demandait papa, mais moi je savais, dans son sommeil je l'entendais chuchoter, *Mi amor, mi amor.* Bien avant son bel étranger.

Un après-midi, j'avais découvert François endormi devant la porte close, les cils barbouillés de larmes. Et puis plus rien, l'amnésie, il s'était remis à jouer avec Philippe, il riait de nouveau, il mangeait.

Je n'ai pas insisté. C'est de lui-même qu'il a recommencé à parler de Noëlle. Il avait cru l'apercevoir à New York, sur une grande avenue, châtaine et souple, mais des cernes, de grands cernes lui découpaient les joues. Il s'était mis à trembler, ce n'était pas Noëlle, cette femme si fatiguée pour ses trente-sept ans. Il l'avait laissée passer sans faire un geste.

Tous les soirs, après le travail, il était retourné sur la même avenue. Tous les jours pendant des mois, il avait déambulé dans la foule serrée, les visages qui s'additionnaient indéfiniment aux visages jusqu'à ne plus dessiner qu'un seul visage indistinct, transparent. Jusqu'à la fièvre, le désespoir, la presque folie. La décision de revenir.

Je n'ai pas travaillé aujourd'hui. Je n'ai rien écrit, pas une réplique, pas même une note qui me servirait pour le scénario. J'ai transporté mon cahier rouge de la table de travail à celle de la cuisine, puis de la cuisine au salon, avec l'image d'une femme châtaine et souple, si cernée déjà pour ses trente-sept ans. C'était un spectre, il rassemblait l'enfance et la vieillesse, les jupes courtes et la mort, tel un soupçon.

Comme si ce n'était pas assez, on est venu creuser, juste devant la maison, tout l'après-midi. J'aurais à supporter le bruit abrutissant des marteaux-piqueurs. Je me suis réfugiée dans la chambre, j'avais renoncé, je n'écrirais pas une ligne dans mon scénario. Je me suis recroquevillée et je me suis endormie.

Des voix m'ont réveillée. Les bruits de la rue s'étaient tus. Dans la cuisine, Vincent et François préparaient le repas, pendant que s'effaçait doucement le rêve d'un homme étrange, châtain et cerné, qui pressait le pas entre les immenses buildings d'une grande avenue de New York. C'était toi. Je t'avais laissé passer, sans rien faire pour te retenir. Et je n'avais aucun remords.

Chapitre douze

L a nuit ne s'accroche plus tout à fait à la nuit et cependant elle n'est pas encore éteinte, elle persiste comme une douleur. J'ai écrit *douleur* sans réfléchir, c'est venu de la façon dont viennent les images, d'un défaut de la raison, d'une maille qui aurait filé dans un tricot trop parfait. Dans mon cahier, la vie se défait et je la regarde se défaire sans avoir peur, je ressens une sorte de tranquillité dans le mot *douleur*, il s'agit de le faire rimer avec *couleur* pour imaginer, sous son écorce, un début de joie.

En ouvrant les yeux tout à l'heure, j'ai vu des mots, des milliers de mots alignés dans le noir. Je me suis levée sans faire de bruit, j'ai pris mon cahier sur la commode, j'ai écouté la respiration de Vincent, régulière, et j'ai refermé derrière moi la porte. C'est une insomnie légère, sereine. J'ai noirci plusieurs pages en pensant à François, son attente de Noëlle, tous les jours sa recherche, l'épuisement de sa recherche sans espoir, les nerfs qui flanchent, sa fièvre, presque la folie. Il était allé là où il n'y a plus d'étoiles la nuit.

Dans son sommeil, il traverse peut-être un enfer sans flammes, un enfer de glace qui fait éclater les os. Ou un jardin, avec des plantes gigantesques, semblables à celles de la tour d'habitation où il sera gérant.

On lui a téléphoné, hier soir, après le dessert. Il a lancé un cri, puis il m'a fait tourbillonner dans ses bras, comme papa quand il avait eu sa promotion. Sans prévenir, nous sommes passés prendre maman et nous avons débarqué chez Anne et Philippe. Nous avons bu des boissons d'été en étirant la soirée jusqu'aux limites de la fatigue. Même maman, même les enfants que personne n'est arrivé à endormir. Une vibration presque visible flottait dans l'air, nos muscles se relâchaient, et l'attente, et l'habitude des nouvelles qui font mal. J'ai appuyé ma tête sur l'épaule de Vincent et je n'ai plus pensé, ni aux rides de maman, ni aux amours qui se détruiraient. J'oubliais, c'était un nouveau savoir.

Le ventre de Anne ressemble à un gros œuf, ce sera une fille, elle le sait maintenant. *Pourquoi ne pas l'appeler Noëlle ?* a suggéré maman. Mais nous avons tous fait non de la tête en même temps. Pas Noëlle, plutôt un prénom qui appartient au présent.

Dans mon cahier, une toute petite fille se déplie lentement à même la vie de Anne, le visage de François s'est allumé maintenant, Madame Girard enterre son chagrin dans la splendeur des ruines, l'aube vient. J'écris. Vincent dort, François dort, Philippe dort, je n'ai pas à les protéger. On dirait que je trahis ma langue et, dans ma langue, la tristesse de maman, et les cernes lourds d'une femme que je n'arrive pas à voir comme ma sœur. Je me trahis moi aussi. J'écris dans une langue dont je ne me souviens pas.

Chapitre treize

Il a sonné, trois coups brefs, selon la consigne, et il
est entré en criant, *C'est moi!*, comme quand Judith
venait le reconduire pour la fin de semaine. Interloqué, Vincent examinait ce hippie qui n'a pas encore
l'air d'un homme. J'ai fait les présentations, Étienne,
Vincent, sans rien ajouter. J'attendais les questions,
elles ne sont pas venues. Il a voulu visiter la maison,
pièce après pièce. Il s'est arrêté longuement dans la
chambre où sont entassées tes affaires, il s'est assis
dans ton fauteuil pivotant, les yeux perdus dans son
enfance, et il a demandé où était son lit. Je lui ai
montré le matelas, contre le mur, derrière des boîtes.
Puis j'ai eu la présence d'esprit de l'entraîner dans ma
salle de travail, il dormirait maintenant sur le divan-
lit tout neuf. Il a palpé les coussins de sa main encore
potelée, il m'a regardée en souriant. J'avais passé l'exa-
men.

Tu allais peut-être arriver toi aussi d'un instant à
l'autre, tu sonnerais, trois coups brefs et tu entrerais,
comme tu le faisais le soir. Un sanglot se promenait
dans ma gorge. On aurait dit une rivière que je
remontais, jusqu'aux ruisseaux qui tombent de la
montagne, et les ruisseaux jusqu'aux sources parfois

souterraines, la rivière, les ruisseaux et les sources. Dix ans.

Tu es triste ? Je n'ai pas nié. Nous nous sommes assis sur le divan-lit et je lui ai parlé comme on parle quand on ne surveille plus son image. Des phrases saccadées, qui brisaient le silence de la pièce. J'ai parlé du cœur qui se vide sans qu'on arrive à comprendre pourquoi, des corps suspendus au beau milieu d'une chambre, de l'abîme qui s'ouvre, de la force qu'il faut pour résister, du temps replié sur lui-même, du temps, du temps, et puis un jour du temps qui se remet à battre normalement en entraînant le cœur, du temps qu'on recommence à compter en heures et en jours et en nuits, on ne sait pas comment, mais ce n'est pas un hasard. Puis je me suis arrêtée. Il a relevé la tête, il a dit simplement, *Tu ne dis pas les choses comme une mère.*

Vincent est venu nous chercher. Il avait préparé une immense salade, est-ce qu'on lui ferait honneur ? Étienne a acquiescé, oui, il resterait. Ensuite, nous irions aider François à peindre, il s'était trouvé un appartement dans le centre-ville, il souhaitait déménager le plus rapidement possible. Étienne voulait venir, il adorait peindre, il s'agissait simplement de prévenir Judith.

Il a avalé sa salade, gloutonnement, à la façon des adolescents, en observant Vincent du coin de l'œil.

J'observais, moi aussi, un peu secouée. À ma table, ton fils apprivoisait mon nouvel amour en lui décrivant son camp de vacances. Et Vincent écoutait, amusé, il relançait la conversation. J'observais comme j'observais grand-maman quand elle faisait des courtepointes, les centaines de carrés qu'elle assemblait, patiemment, avec ses vieux doigts, les retailles de sa vie. Elle racontait le temps, là la robe de maman, ici le manteau d'oncle Jean, je n'en finissais pas d'examiner. J'apprenais déjà à faire une seule vie avec beaucoup de morceaux qui avaient été remisés.

Chapitre quatorze

*J*e *t'aime, Emma.* C'est la première phrase que j'ai entendue ce matin. J'ai senti un baiser sur mon front et Vincent est sorti. Il a descendu les marches doucement et la porte de la maison a grincé un peu. J'ai entrouvert les yeux et la chambre était en désordre, des coupes traînaient sur la commode au milieu des vêtements éparpillés.

Je me suis dit, il existe des désordres qui attirent les mots d'amour, ils creusent des joies autour des yeux, le monde ne ressemble plus à un champ dévasté. Je me suis dit ensuite, je vais avoir quarante ans. Mais je ne suis pas arrivée à faire le lien entre mon âge, l'amour et le désordre de la chambre. Cela vaut certainement mieux, il y a tellement de hasards entre les causes et les effets. J'ai seulement constaté que je vois les choses de plus en plus petites. Comme si tout pouvait tenir dans la main, les mots doux, les projets heureux et les peines.

Quand Vincent dit, *Je t'aime, Emma,* il me tire du bon côté du monde. J'ai un prénom de peine d'amour qui ne guérit pas, un prénom triste comme une horloge arrêtée. Emma, c'est le prénom de la mère de papa, une morte que je n'ai pas connue. Maman est dans son lit d'hôpital, elle me tient dans ses bras, papa n'ose pas encore m'approcher. Comment l'appellera-t-on ? Emma, comme ta mère. Papa a dû acquiescer, oui, Emma, j'entrais dans sa famille à lui.

Et puis il y a eu la deuxième histoire, plus tard, beaucoup plus tard, un soir que je revenais du collège. J'avais déposé *Madame Bovary* sur la table et le visage de maman s'était illuminé. Elle avait serré le roman sur son cœur, quel grand roman !, quelle belle femme, cette Emma Rouault !, elle avait aimé jusqu'à la mort. Papa était interloqué. Il avait demandé qu'on lui raconte. Ensuite, il avait pris le livre, lui qui savait à peine lire, et il avait dit qu'il ne saisissait pas, comment est-ce qu'on peut en arriver là, c'était une folle cette femme, ou quoi ? Les joues de maman avaient viré au violet, elle s'était fâchée comme jamais on n'aurait cru, elle avait fait une immense colère, papa ne comprenait pas, il n'avait rien compris, depuis le début, jamais, et elle était allée s'enfermer dans sa chambre en sanglotant.

Je nous vois encore, autour de la table. Papa, la tête entre ses mains, Noëlle qui soulève le livre du bout des doigts, et François se tasse contre Noëlle, et Philippe cherche les yeux de papa. Moi, je ne regarde personne, absente, deux fois morte avant même d'avoir aimé.

Chapitre quinze

Dans l'érable, une petite tache a tourné au jaune, seule petite tache jaune dans tout le vert, et le vert curieusement paraît presque uniforme, comme pour offrir une résistance. L'été tient bon, mais la petite tache jaune balaie la fenêtre, elle cherche un point d'appui dans la réalité.

L'an dernier, tu avais dit, en regardant les premières feuilles jaunes, *C'est l'ordre parfait du monde*, et tu étais retourné à tes équations. Moi, j'avais plutôt vu une longue série de désastres, un autre attentat, une nouvelle guerre, cette femme qu'on avait poignardée dans un square, et une retenue que je ne te connaissais pas quand je m'approchais de toi. Le monde ne tourne jamais comme une machine bien huilée. Mais aujourd'hui, il fait exception, il respire doucement, il ne nous menace pas.

C'est peut-être à cause de mon scénario. Je l'ai étendu sur ma table de travail, toutes les scènes avec leur lot d'incohérences, les répliques qui s'adaptent mal à la voix des personnages, celles qui résument trop vite la situation, celles qui sonnent juste. Curieusement, elles se retrouvent toujours dans la bouche de Madame Girard, voilà comment je l'appelle, pour

l'instant, Madame Girard. Je n'arrive pas à lui donner
un nom qui la sépare de la vie. Comme si je voulais
la voir, la toucher, l'entendre, comme si son nom,
collé à moi, était capable de faire battre les mots.

Hier soir, nous nous sommes installés dans le lit,
la fenêtre grande ouverte sur les chants de la voisine,
et j'ai lu quelques scènes à Vincent. Il a commenté, le
ton, l'intrigue, les personnages. Il ne voyait pas
Madame Girard de la même façon que moi. Pendant
un moment, je me suis sentie seule avec ma fiction.
Mais nous avons discuté et ce sentiment s'est
estompé. Nous n'étions pas d'accord, qu'importe, nous
étions penchés ensemble sur des mots qui trouvaient
une âme dans les dernières lueurs du jour. C'était un
de ces moments inoubliables où quelque chose commence entre les amants, un désir commun où se dessine une part d'invention. Pour la première fois, j'ai
pensé à mon scénario comme à un projet à nous
deux.

L'air est si moelleux, aujourd'hui. François a téléphoné, il se plaît dans son appartement. Il voulait
mon avis sur des meubles, il décore, il s'aménage une
existence où les petites choses prennent de l'importance, il se rapproche lui aussi de ses projets. Il garde
les yeux ouverts. Je n'aurais jamais cru retrouver un
jour mon frère.

Je n'aurais jamais cru retrouver Étienne. Il s'est
arrêté tantôt à bicyclette, avec un ami. Il a fait les présentations et puis il est allé prendre du jus dans le
réfrigérateur, sans me demander la permission. J'ai
souri, un peu émue, il est ici de nouveau chez lui.
Ensuite, il lui a fait visiter la maison, toutes les pièces
sauf celle où sont tes affaires. Il a refermé la mémoire

où nous étions ensemble, j'existe maintenant dans le présent.

C'est comme pour Judith. J'ai reçu d'elle une carte sur laquelle étaient écrits, de son écriture fine, *Merci pour Étienne, il en a tant besoin.* Seulement ces mots, puis sa signature.

J'ai pensé, tout ne s'en va pas comme dans la chanson de Ferré. Avec le temps, il y a des douleurs qui s'apaisent, des ruines qui peuvent accueillir la lumière, des histoires qui n'ont pas le même dénouement. Ce n'est pas de l'oubli pourtant, une tache jaune balaie la fenêtre, mais on ne voit pas venir l'automne comme auparavant.

Chapitre seize

Je n'arrivais pas à lire son expression. Cet étranger n'était pas Vincent. Un visage tragique, mais avec une drôle de flamme au fond des yeux, une sorte de ravissement inquiet. Je me suis assise près de la fenêtre, dans le rayon de soleil déjà oblique, là où un peu de chaleur tomberait sur mes épaules.

Je n'ai pas eu à attendre. Il a tout de suite parlé. Brièvement. Elena était de passage à Toronto, pour un film. Elle lui demandait d'aller la rejoindre, n'y avait-il pas eu cette passion entre eux ?

J'ai pensé à ton départ. J'ai pensé à Madame Girard, à l'histoire qui se répète, à ma vie comme une civilisation minuscule qui n'arrive pas à sortir de ses cercles. Il partait le lendemain matin, très tôt. Il a dit, *Il vaudrait mieux que je dorme chez moi ce soir.* Oui. Moi aussi j'avais besoin d'être seule.

Avec toi, j'aurais préparé le repas comme si de rien n'était, nous aurions passé la soirée ensemble, nous aurions dormi ensemble. Les cercles se brisaient un peu, tout de même.

J'espère que tu ne m'en veux pas, c'est bien ce qu'il a dit, dans le vestibule, avant de me quitter. J'ai fait non de la tête. C'est à moi que j'en voulais. Décidément, je ne serais jamais assez forte pour empêcher les départs. Je n'ai pas pleuré quand il m'a serrée dans ses bras. Je lui ai même envoyé un baiser et je suis revenue chercher le rayon de soleil, il m'arrivait sur les jambes maintenant. L'air était frais, j'ai fermé la fenêtre.

J'ai balayé des yeux le salon, puis j'ai voulu m'arrêter aux détails, à des morceaux de décor qu'on ne regarde jamais, le rectangle entre le tapis et le mur, l'angle du plafond dans le coin le plus reculé, la fissure minuscule qui s'allongerait d'ici quelques années, voilà une détérioration qu'on pouvait prévoir. Et réparer.

J'ai rêvé d'un amour qui ressemblerait à une maison. L'an prochain, je placerais des fleurs dans des boîtes sur le bord du balcon, je ferais peut-être un jardin, pourquoi pas, avec des légumes et des fines herbes, le long de la clôture, de la ciboulette, du basilic frais pour les pâtes.

Pour l'instant, je n'avais pas faim. J'ai décidé de sortir. Marcher dans les rues, parmi des passants que je ne connaîtrais jamais, marcher, traverser le parc, m'arrêter quelques instants près de l'étang. Marcher jusque chez Madame Girard, choisir dans sa bibliothèque un livre qui m'expliquerait des catastrophes plus terribles que la mienne, les lions du Colisée, la guerre de Troie, le raz de marée qui avait provoqué la désertion de Knossos.

Ma soirée, je l'ai passée dans les pages de livres à la tranche dorée, je ne l'ai pas passée roulée en boule au fond de mon lit, comme en novembre dernier.

Ensuite, je suis rentrée. Les étoiles s'allumaient une à une, l'air était parfumé, c'était une de ces soirées où la peur ne réussit pas à vraiment s'infiltrer dans nos pores. Vincent allait rejoindre Elena, sans doute était-il encore amoureux d'elle. Et pourtant, entre lui et moi, je sentais déjà un attachement aussi tenace que le souvenir, je le sentais, les corps ne mentent pas pendant l'amour.

Puis j'ai revu la silhouette gracieuse d'Elena et j'ai douté. J'ai revu ton visage. Peut-être étions-nous condamnés à rouler éternellement la même pierre sans réussir à la pousser jusqu'en haut de la montagne? J'ai douté. Mais pas tout à fait. Sur le répondeur, Vincent avait laissé un message. *À bientôt, Emma.* J'ai murmuré, dans le silence de la maison, *À bientôt, Vincent.* Comme s'il s'agissait d'une formule magique capable d'exorciser le mauvais sort.

Chapitre dix-sept

Nous nous sommes souri. Pas par politesse, c'était un vrai sourire, dégagé, confiant, elle ne voulait pas seulement être pour moi l'amante de mon amie. Elle m'a demandé ce que j'aimerais entendre en se dirigeant vers le système de son. Je me suis accroupie à côté d'elle et nous avons sorti les disques de leur support. Elle a longuement comparé les enregistrements, puis elle m'a demandé de choisir. J'ai choisi un concerto de Bach et la musique est montée dans la pièce. J'ai baissé les paupières, comme si j'avais prié un dieu sans visage, sans doctrine, sans bonté, qui n'aurait existé que pour quelques instants. J'ai oublié June et June m'a oubliée.

Nous n'avons pas entendu entrer Bénédicte. Elle était là devant nous, les bras chargés de sacs, elle avait été prise dans un embouteillage, elle s'excusait. Puis elle s'est arrêtée. Elle venait de nous voir, vraiment, assises par terre, recueillies au milieu des disques. Elle s'est esclaffée. June aussi. Et moi. Qui aurait pu prévoir que l'heure de l'apéritif ressemblerait à une fin de soirée? Bénédicte était ravie, elle avait de nouveau son ton habituel, elle avait des gestes qui découpaient l'espace en fragments mesurables.

June était là pour rester, je l'ai senti tout de suite. Ce n'était pas une silhouette fugitive, on percevait dans son visage quelque chose qui retenait la durée, le désir de dire non à la solitude. Peut-être que sa sérénité avait à voir avec la musique, les feuilles qu'elle remplissait de notes, les grains de lumière incrustés dans sa peau, ou la nostalgie, la nostalgie d'une île qu'elle n'habiterait plus jamais. June avait l'assurance des êtres qui savent que rien ne leur est définitivement donné.

Plus tard, au dessert, j'ai remarqué que Bénédicte avait cessé de compter. Le nombre d'entrevues qu'elle aurait à faire cette année, les jours de vacances, les promotions, elle se laissait bercer sur un radeau, elle dérivait vers un point obscur où les nombres n'avaient plus d'emprise sur le temps.

Cette nuit, j'étais en train de me noyer. Bénédicte est passée près de moi, sans me voir, sur un radeau de plumes. Mais June a soufflé très fort dans sa flûte traversière et Bénédicte est revenue vers moi, juste au moment où j'allais disparaître sous la surface. Je me suis réveillée sur cette image, ma main déjà bleue dans la main chaude de Bénédicte. Et June qui, de son île, nous regardait, à travers les reflets de son instrument.

J'ai voulu me jeter dans les bras de Vincent, mais la place était vide à côté de moi. Il devait dormir, en ce moment même, dans le lit d'Elena. Je me suis assise et j'ai allumé la veilleuse pour essayer d'évacuer toute l'eau de mes bronches. Peu à peu, le rêve est devenu flou et il n'est resté que la dernière image, nos mains soudées et la mélodie qui montait dans la chambre de plus en plus clairement. Et j'ai vu June. Elle reliait les causes et les effets avec une musique discrète mais serrée.

Chapitre dix-huit

Maman n'habite pas un temps continu, elle a découpé les années en bandes inégales, puis les a installées dans des albums qu'elle ouvre parfois après le souper, quand le jour coule derrière la montagne. Celui qu'elle regarde le premier, c'est le rouge, avec des guirlandes de Noël. Les photos sentent les oranges et maman ressemble à une poupée dans les bras de grand-papa. À côté, les mains croisées sur son ventre, grand-maman attend une autre vie, le regard surpris, étonné devant cette énigme. Comment ses hanches à elle peuvent-elles transformer un simple élan d'amour en une chair rose ?

Mais maman ne lit pas comme moi, elle me dit en secret, *Elle espère un garçon*. Chaque fois, elle le dit. Chaque fois, j'essaie de faire taire le petit cri muet, et je tourne la page, comme s'il n'y avait pas de place pour moi dans ce ventre immense. Je trouve une astuce pour que maman referme cette portion de temps, qu'elle ouvre mon enfance à moi, dans l'album bleu, qu'elle prenne dans ses mains des instants où nous sommes seules, toutes les deux. Sans papa ni Noëlle. Il n'y en a pas beaucoup, trois ou quatre seulement, mais ces bouts de papier jauni contiennent pour moi tous les livres du monde.

Ensuite, ce sont les anecdotes. Ici, je joue dans le carré de sable avec Noëlle. Là, je viens d'entrer à l'école, il me manque deux dents. Quelque chose s'est brisé quelque part, je ne sais pas quand. Et je suis semblable à maman, je mets des bornes nettes aux époques, je dis *avant* et *après*, j'associe ces deux mots avec disparition et départ, mais je sais que c'est bien avant. Et les albums s'empilent dans ma tête, je me fais une mémoire propre comme une souffrance qui sent les oranges, une raison aussi solide qu'une patrie.

Ce soir, maman a sorti un nouvel album, il est vert celui-là. Il est presque vide encore, il renferme le retour de François. La fête que j'ai organisée chez moi, François dans le salon chez elle, sur le vieux canapé rouge vin, au-dessous de son certificat, la soirée chez Anne et Philippe. Et puis cette photo, prise par Philippe, où elle fait à François un sourire lumineux, interminable, que je ne lui avais jamais vu, même pour papa. Entre mes doigts, son visage s'est dérobé, il s'est confondu à une jubilation qui ne m'appartiendrait jamais.

J'ai déposé le petit rectangle sur la nappe devant moi, j'ai entouré ma tasse de mes mains, elles étaient moites et glacées, peut-être à cause de la boule dure qui remontait dans ma gorge, j'ai fait semblant d'écouter, maman parlait tandis que je me racontais une vieille histoire, le fils prodigue revient et on tue le veau gras. C'est cet enfant-là qui apporte la consolation, celui-là et pas les autres, ceux qui sont restés. Il en est probablement de même pour Elena. Vincent lui est revenu et elle a oublié son nouvel amant.

Aujourd'hui, je n'ai plus confiance, j'ai peur. Je coule dans des eaux si profondes que même Bénédicte ne pourrait pas venir me repêcher.

Je suis trop fidèle, je crois, pour être aimée d'un grand amour.

Chapitre dix-neuf

J'ai écrit. Une longue lettre à Madame Girard, je ne sais pas encore si je la lui posterai. Je n'aime pas mon ton. Les phrases sont courtes, hachurées, des phrases d'asthmatique, même si je m'efforce de répéter, *Je vais bien, je vais bien.* En me relisant, j'ai vu clairement. La boule dure, là, dans les petits signes recourbés, il a bien fallu que j'avoue.

Les grands malheurs de l'histoire ne suffisent plus, ils ne réussissent plus à me rendre acceptables mes petits malheurs à moi. J'ai beau essayer de me convaincre, Vincent et Jérôme en viennent à former un seul visage dans ma tête, une même histoire. Je n'ai pas eu de nouvelles de Vincent et je suis aussi usée que le cœur de papa.

J'ai plié la lettre et je l'ai déposée, devant moi, juste à côté du scénario. Le cahier rouge est ouvert, j'essaie de penser en dehors de mon inquiétude, ce n'est pas si facile. Tout à l'heure je n'y arrivais pas, alors j'ai relu les scènes déjà terminées, ensuite les notes, pour sortir de ma voix à moi, entrer dans celle des personnages. Dans la marge, à gauche du texte, j'ai gribouillé *déplacement*, puis je l'ai rayé et j'ai écrit, au-dessus, *effacement.* Pourtant, ce n'est pas encore cela. Ce serait un terme qui appelle ce silence inentamé à l'intérieur de moi, là où les mots sont inexacts, décevants, mais en même temps protégés par une enveloppe de chair et de sang.

Maintenant, je n'appelle plus mes personnages Madame Girard, Monsieur Girard, il n'y a pas que ma voix qui s'efface, toute la réalité. La fiction agrandit son territoire, peu à peu elle m'envahit et je la laisse m'envahir, je ne la combats pas, j'espère quelque chose comme une rédemption.

J'ai imaginé une nouvelle scène. La femme effondrée sur le cercueil de son mari. La femme en pleurs. Et elle se redresse lentement, d'abord la tête, et la poitrine, tout le tronc, puis elle pose les mains sur le corps de son mari, elle prend appui sur ce corps froid et elle se lève. Elle se relève. Voilà tout ce que je peux écrire aujourd'hui. Une femme effondrée, mais qui se relève. Une femme qui me précède. Une femme plus courageuse que moi.

Chapitre vingt

Je suis rentrée les bras pleins de victuailles, comme si je préparais une fête. J'étais allée jusqu'au marché, à pied, j'avais mis une jolie robe, très fraîche, je m'étais maquillé les yeux, cela faisait partie de mon nouveau courage, être belle, faire des achats, cuisiner des plats raffinés, même si je mangerais seule. Ce soir, je dégusterais mes cailles à l'orange dans la salle à manger.

Je n'ai pas vu clignoter le répondeur immédiatement. Un peu plus tard seulement, pendant que je rangeais. J'ai appuyé sur le bouton, machinalement, comme lorsque je n'attends rien. Puis j'ai posé la boîte de conserve sur le comptoir. Vincent essayait de couvrir les bruits d'un espace public, il détachait ses syllabes les unes des autres pour que j'entende bien. Il était à l'aéroport de Toronto, il partait bientôt, il atterrirait à cinq heures. Il avait hâte de me voir. Puis sa voix devenait enveloppante et j'ai entendu *À tout de suite, mon amour*. J'ai fait jouer dix fois le message, uniquement pour cette phrase.

J'ai ouvert la radio à un poste où on fait tourner des chansons sirupeuses, et je me suis fait couler un bain, avec beaucoup de mousse, un bain de fête. Je changerais aussi les draps de mon lit, je placerais les fleurs que j'avais achetées dans la chambre, j'ai vérifié s'il restait du porto dans le garde-manger. Et je me suis enfoncée dans la mousse, le temps me semblerait moins long.

J'ai compté. Les minutes jusqu'à l'arrivée de Vincent, les mois depuis ton départ, les jours depuis la rencontre avec l'homme que j'ai pris pour toi, dans la rue. Le nombre de fois que j'avais pensé à la femme de São Paulo. Les années qu'il me restait pour aimer, les probabilités de bonheur, les ruptures qu'il faut dans une vie avant d'apprendre. Puis j'ai cessé. J'aurais fini par tout confondre, j'aurais vu trop loin, j'aurais oublié mon inquiétude chaque fois que j'entends le mot *départ* et je ne veux rien oublier. Guérir oui, mais ne rien oublier.

Quelle heure était-il maintenant ? L'avion devait déjà s'ébranler sur la piste, Vincent regardait sans doute à travers le hublot la vie qu'il laissait derrière lui, celle qu'il retrouverait dans mes bras. À quelle altitude se ferait le partage entre le passé et le futur, il ne le savait sûrement pas encore, l'avion ne volerait pas assez haut, et il reviendrait vers moi avec l'odeur d'Elena, il faut tellement d'efforts avant le détachement.

À la radio, un chanteur se plaignait d'un mal d'amour aussi cuisant qu'une brûlure. J'ai vu Vincent comme un homme blessé. Il fallait me faire à cette idée, c'est un homme blessé qui bientôt sonnerait à ma porte.

Chapitre vingt et un

J e suis une bien piètre voyante. J'ai beau déployer le tarot sur la table de bois, essayer de lire chaque arcane, l'avenir reste aussi opaque qu'une forêt, les soirs sans lune. À côté de moi, je ne vois que mes peurs, aveuglées.

Quand Vincent a déposé ses bagages dans le salon, il était épuisé, on aurait juré qu'il revenait d'un long voyage. Il s'est avancé vers moi, il m'a dit, *Serre-moi très fort dans tes bras*, et je l'ai serré très fort. J'avais l'impression de devenir une femme solide, immense, une de ces statues de pierre qui supportaient le toit des temples, dans l'antiquité, en surveillant de loin la mer. Je n'aurais jamais imaginé cela de moi.

J'avais placé sur la table tournante un disque que m'avait recommandé June, et c'est avec la musique qu'il s'est mis à parler, sobrement, sans trahir l'intimité d'Elena, cette pudeur m'a plu. La femme dont il avait été amoureux fou lui était maintenant presque étrangère, *Déjà*, a-t-il précisé avec un regret. Entre eux n'existait plus qu'une vieille nostalgie. Ce n'était pas comme avec Bénédicte, pourquoi, il l'ignorait, peut-être que la passion absolue disparaît en ne laissant pas d'amour, seulement les ruines de la passion.

J'ai frissonné. Est-ce que ce serait pareil pour toi et moi ? Peut-être bien. Une idée m'est venue, j'installerais une serrure à la porte de la chambre où étaient enfermées tes affaires. J'étais ridicule, bien sûr, mais je l'installerais quand même, au cas où la vérité aurait le goût un beau jour de m'éclater dans la figure.

Aujourd'hui, la journée est lisse comme une chambre fraîchement repeinte, calme et lisse, on sait bien qu'en dessous il y a des marques de doigts, des traces d'une ancienne colère, des paroles amères et du désespoir, les cercles jaunes d'une mauvaise lumière, mais rien de cela ne paraît plus. C'est une autre chambre avec d'autres murs, un amour contre lequel je me blottis, mon scénario sur la commode, une photo d'Étienne dans ses vêtements hippie, la vie calme et lisse qu'on imagine dans les belles fictions.

Mais je sais bien que les murs se saliront, ils verront surgir de nouvelles colères, des désespoirs encore, un jour peut-être Vincent voudra partir de nouveau et je ne serai pas aussi courageuse que je l'ai été cette fois-ci. Je m'étendrai sur le lit et je ferai la morte, j'attendrai qu'on jette mon corps dans les flots. Mais Vincent rit et je me mets à rire avec lui, *Je ne suis pas Jérôme, moi*, il me le rappelle, il ne faut pas tout confondre, les hommes et les événements, la vie ne se répète pas comme le cycle des saisons.

Alors j'entre dans ses rêves, je ne lui dis pas que dans ma réalité à moi l'amour infiniment se perd, toutes les amours même celles d'amitié, même celle d'un frère qui ne vient plus me voir si souvent. Il faut comprendre, le travail, l'appartement et puis cette nouvelle amante, cette Fabienne, blonde et jolie, qui a surgi d'un monde parallèle, comme si elle l'avait

attendu depuis le début des temps. Ma vie ressemble
à une chapelle, on arrête, on y fait une prière et puis
on repart quand on est consolé, on poursuit son chemin.

Mais les mains de Vincent s'accrochent à mes
hanches et je reprends confiance, cela tient à une
phrase qu'il dit, au moment où il mêle sa jouissance à
la mienne, *Regarde-moi.* Comme s'il trouvait au fond
de mes yeux un temple de pierre où on revient pour
terminer ses jours, tandis que de loin je surveille la
mer. La mer qui n'est pas si terrible qu'on le croit.

QUATRIÈME CHANT

La cité des anges

Chapitre un

Cette nuit, il va pleuvoir, la pêche sera bonne. Vincent a sorti les lignes et Étienne a applaudi de ses mains déjà larges. Il applaudit à tout ce que propose Vincent. Il a affirmé, dans les mots de June, *I love fish*, et June a rectifié en riant, *Pas fish, fishing*. La chaloupe fait une toute petite tache, au pied de la montagne, sur l'eau grise. D'ici, on peut distinguer deux traits fluorescents, immobiles, au-dessus de la tache plus large. J'ai insisté pour qu'Étienne porte un gilet de sauvetage et Vincent a enfilé le sien, en me faisant un clin d'œil.

Une luminosité opaque descend sur le lac, elle se mêle aux sonorités pleines de la mélodie qui nous enveloppe. June prépare un concert, elle a répété pendant de longues heures aujourd'hui, elle a joué vingt fois la même sonate, qui me rejoint dans une mélancolie verticale, d'une vertigineuse profondeur. Comme s'il y avait une âme encore vulnérable à l'intérieur de mon âme guérie.

Au loin, la tache grossit, elle se rapproche, elle me ramènera bientôt des visages et des gestes familiers. Étienne soulèvera ses prises d'un bras triomphant, Vincent le regardera en souriant, comme tu le faisais, toi, et je m'exclamerai, comme je l'ai fait cent fois, et nous arrangerons tous les trois les poissons pour le repas de demain. La nuit descend. Il sera même plus facile de vous confondre, Vincent et toi, quelques instants, dans la pénombre. Puis brusquement, je réagirai, je distinguerai ta démarche de la démarche plus décidée de Vincent, j'isolerai certains de tes gestes, celui-là par exemple, le mouvement circulaire de ton doigt dans tes cheveux, quand tu devenais impatient. Je diviserai le temps.

Tu te souviens ? Bénédicte a posé sa main sur mon bras. Sous ses paupières, je sais, défilent des scènes plus vieilles encore, elle chante dans la chaloupe pour taquiner Vincent, elle fait fuir le poisson, c'est un de leurs jeux d'amoureux. Quand la chaloupe accostera, elle voudra crier, *Nous n'avons rien pris*, mais nous ne serons plus sur la galerie, nous aurons laissé là nos livres, Martin m'aura entraînée dans la chambre, en amant fougueux.

Bénédicte a-t-elle suivi le fil de mes pensées ?, elle m'avoue avoir rencontré Martin récemment, il était de passage à Montréal pour un colloque, il ne se ressemble plus tout à fait. Elle donne des détails, l'accent plus prononcé maintenant, le dos un peu arqué, ce n'est pas une fatigue, une prudence plutôt, un calcul dans la façon d'avancer la tête vers l'autre, quand il parle, pour se protéger. Un sens de la survie qu'il aura appris. Ou la méfiance.

Je ne pose pas de questions. Je ne veux rien savoir du concret de sa vie, est-il heureux, a-t-il une femme, où est-il allé pour les vacances ? Il suffit d'imaginer ce calcul, cette retenue, cette courbure du dos pour éprouver un sentiment confus d'affection et de pitié, c'est cela aussi la vie, sous sa forme menue, son humilité. Tout paraît petit, même l'audace, même l'amour, même l'ombre devant la mort.

Il y a maintenant des taches brunes sur nos mains, cette phrase me vient, mais je la repousse aussitôt derrière des pensées plus heureuses. La chaloupe est à quelques mètres de la berge seulement, Étienne cherche à s'échapper de l'enfance, le dos de Vincent est bien droit encore, la journée a été baignée de musique et, sous la main de Bénédicte, mon bras se réchauffe. Il y a des taches sur nos mains, mais je fais semblant de ne pas savoir ce qui nous attend.

Chapitre deux

L'amour, on l'installe au milieu de son âme, dès le premier souffle, dans un creux, un espace vidé, un désert. Un cri immense emplit l'air, une femme nous prend dans ses bras, on l'appellera maman, mais ce n'est déjà plus la mère, douce et immense, c'est un corps à côté de nous, une absence déjà. On a beau le savoir, mais on cherche malgré tout une présence. On déménage, on emménage, on erre, on change d'homme, de femme, de ville, de pays, on crie *terre*, et puis on pleure, ce n'est qu'un mirage. On poursuit, on cherche encore. Aussi longtemps qu'on cherchera, on ne deviendra pas vieux.

Vincent est penché sur mon visage. De son doigt, il fait le tour de ma bouche, il remarque que je n'ai pas de rides encore et je lui réponds, c'est que je n'ai pas encore trouvé. Il dit, *Alors ne trouve rien*, et je me mets à rire, il y a des avantages à l'enfance, on souffre mais on ne vieillit pas. On n'a pas de vie à diriger, une vie qui serait la nôtre, avec des limites, des petitesses et des restes, on ne choisit pas.

Mais je triche. Au coin de l'œil, j'ai aperçu une ride, qui s'accentue quand je plisse les yeux. On ne la voit pas encore, mais elle est là, sur les photos, entre la paupière et la tempe. Quelque chose change, je suis entrée dans le temps qui égrène les jours et les nuits, depuis quelques jours je compte, comme quand je me dis, j'aurai bientôt quarante ans. Philippe trente-quatre, François trente et un. Et Noëlle, elle, a eu trente-huit ans aujourd'hui.

Je n'ai pas téléphoné à maman, comme je le fais d'habitude, à quoi bon ressasser cette vieille peine ? Peut-être n'y a-t-elle pas pensé, elle devait aller chez François, elle lui aura apporté les rideaux qu'elle lui a confectionnés, François l'aura invitée au restaurant, il sait dire merci, François, depuis son retour, voilà ce qu'il aura appris pendant qu'il cherchait Noëlle.

Hier, il m'a apporté une plante somptueuse, pour le salon. Nous l'avons installée près de la fenêtre, à côté de ton fauteuil. L'effet est étonnant, on dirait un autre fauteuil, des meubles où tu ne te serais jamais assis. Je m'apprêtais à sortir quand il est arrivé. Il fallait passer chez Madame Girard pour le courrier, nous y sommes allés ensemble. Nous nous sommes arrêtés dans le parc, près de l'étang, les canetons ont grossi, les canes ne les surveillent plus aussi étroitement, elles sont retournées à une vie à elles, elles apprennent à renoncer. François a glissé son bras autour de mes épaules, il a dit, *Je n'oublierai pas*, ces mots seuls. Et je suis restée silencieuse, comme quand on réussit à sortir saine et sauve d'un labyrinthe. François n'oublierait pas, les jours passeraient, les mois, les années, déjà il se distanciait de moi, un jour nous serions loin peut-être, si loin que nous ne pourrions plus nous atteindre, dans des temps séparés. Peut-être qu'entre nous il y aurait un monde, mais le moment renaîtrait, lumineux et rebelle, dans des amours intouchées, nous n'aurions pas oublié.

Et j'ai pensé à toi, presque avec tendresse.

Chapitre trois

J'aurais dû me méfier. La journée a sombré brusquement. Le soleil ressemblait à un soleil d'été, l'ombre de Vincent flottait dans ma tasse et je travaillais à ma table de travail. Puis une sonnerie a brisé le silence, j'aurais dû me méfier, mais machinalement j'ai décroché le récepteur.

Au bout, une voix que je n'avais jamais entendue, elle me demandait si j'étais moi, Emma Villeray, la sœur de Noëlle. *Oui.* Elle voulait me rencontrer, le plus tôt possible, est-ce qu'un proche pourrait être présent, mon mari, un frère ou une amie? J'ai dû répondre oui, encore une fois, j'ai dû raccrocher, puisque je me suis retrouvée les mains libres, devant des mots qui s'enfonçaient dans le cahier rouge, tout à coup illisibles, indéchiffrables.

Je me suis levée, secouée par un irrésistible besoin de vomir, le café, les confitures, le pain, le cœur, l'estomac, le passé qui guette, dans un recoin, le passé qui nous assaille, nous découpe en lambeaux, nous laisse agoniser dans une forêt perdue. C'est sorti, large comme un geyser, sur le plancher, et je me suis étendue, au milieu de mes déchets, le corps aussi sec qu'un cercueil. Les dents me claquaient dans la bouche, voilà ce que je devenais, un claquement des mâchoires, un paquet d'os, désarticulés, qui s'entre-choqueraient jusqu'au dernier soubresaut. La mort avait commencé. Quand Vincent rentrerait, mes membres seraient froids. Ce soir, la femme viendrait me parler de Noëlle, mais je ne serais plus là pour l'entendre, j'avais attendu plus longtemps que l'attente, j'avais attendu si longtemps que je ne pouvais plus supporter le temps.

J'ai fermé les yeux, j'ai croisé les mains sur mon ventre, mon âme sortait par les trous de mes yeux, c'est moi qui partais cette fois. Noëlle voulait revenir mais je ne serais plus là pour l'accueillir. Je l'abandonnais, cette fois c'est moi qui l'abandonnais. J'ai crié, si fort que tous les liens se sont déchirés, si fort que mon cri a retenti dans l'éternité, mon âme est montée très haut, au-delà des nuages, dans le ciel qui ne fuit pas.

On psalmodiait. J'ai ouvert les yeux. Deux seins énormes étaient penchés au-dessus de moi, on récitait une prière, on m'épongeait le front, on pleurait. Une femme endeuillée m'a soulevée dans ses bras puissants, elle m'a transportée dans ma chambre. Puis elle s'est assise dans la chaise de rotin, à côté du lit, pour me veiller, noire et immense, elle s'est mise à chanter, de sa voix veloutée, pour moi seule, rien que pour moi. J'ai reconnu ma voisine. Le lit était chaud, moelleux, si douillet que je pourrais dormir là pendant toute ma mort.

Quand je me suis réveillée, Vincent était dans la chambre, la voisine se présentait, *Rosa*, il l'a remerciée, il s'occuperait de moi. Des pas ont résonné dans les marches, puis la porte s'est ouverte. J'ai entendu des

bruits de robinet dans la cuisine, des paroles au téléphone, j'ai reconnu le mot *médecin*. Il fallait parler à
Vincent. Huit heures, ce soir, c'est ce qu'avait dit la
femme, est-ce que je serais capable de la recevoir?

J'ai fixé le plafond, pour tenter d'apercevoir la fente
par où j'étais passée. Je n'ai vu que du blanc, un
blanc opaque, immaculé. J'ai tourné la tête vers la
fenêtre, mais le store était tiré, il faisait sombre, ce
n'était ni le jour ni la nuit, c'était l'origine d'un temps
détaché et pourtant vivant, vivant comme la mort.

Chapitre quatre

Elle est entrée comme si elle n'était personne. Sa démarche neutre, sa voix neutre, sa robe. Puis son corps maigre a glissé dans le fauteuil de rotin, j'ai failli dire, non, pas là, pas dans le fauteuil de ma voisine Rosa. J'ai baissé les yeux, j'avais déjà du mal à la supporter. Je ne me suis pas excusée de la recevoir dans ma chambre, je ne lui avais rien demandé, c'est elle qui m'avait forcée à la recevoir. Vincent s'est installé dans le lit, à côté de moi, et elle a commencé, des phrases apprises pour la circonstance, qu'elle récitait en nous regardant sans nous regarder.

J'ai souhaité qu'elle disparaisse, là devant nous. Mais elle a continué, de sa même voix neutre, et imperceptiblement elle en est arrivée là où elle aurait dû commencer. C'était un scénario de mauvais film, une histoire que je n'aurais pas pu inventer. Noëlle et son mari avaient eu un accident, ils étaient décédés, dans un hôpital de Los Angeles. Noëlle savait qu'elle ne survivrait pas, elle avait tout avoué, sa fugue, son mariage, sa nouvelle identité. Et puis des fausses couches, trois, et le miracle, cette enfant, une fillette de quatre ans.

J'ai bien compris, Noëlle me demandait, à moi, sa sœur, de m'occuper de sa fille, de l'élever comme ma fille à moi.

J'ai écouté, sans réagir. Ce n'était pas dans ma langue que Noëlle s'était adressée à moi pour la dernière fois, j'étais accrochée à ce détail. Et j'ai traduit les propos de la femme en anglais pour essayer d'entendre la voix étrangère de Noëlle.

Est-ce que j'avais des questions ? J'ai demandé quelle langue parlait l'enfant. La femme a eu un drôle de regard, elle a répondu, *L'anglais sans doute*. J'ai renchéri, *Sans aucun doute*, sans me rendre compte du ridicule de mes propos. Une immense fatigue s'est abattue sur moi et la femme est sortie, précédée de Vincent. Comme à travers un brouillard épais, je percevais une conversation, je n'ai pas tiré l'oreille, je voulais m'enfoncer dans un sommeil aussi long que l'absence de Noëlle.

Puis ce chant, de nouveau. Dans le fauteuil de rotin, Rosa tenait un tricot devant ses seins gigantesques. Vincent m'avait laissé une note, il essaierait de rentrer tôt. Il fallait bouger, descendre dans la cuisine, regarder un bout de ciel, manger quelque chose. J'ai demandé à voir la lumière et le soleil est entré dans la chambre, un soleil calme, un de ces soleils qui surgissent après une longue maladie, quand on essaie de se lever, d'avancer sur ses jambes chevrotantes jusqu'à la fenêtre, de regarder les fleurs qui ont grimpé bien haut dans le jardin. On se dit, naïvement, il fait beau, et cette phrase contient de nouveau l'espoir, l'eau claire dans la bouche et le visage qui nous permet de rejoindre tous les autres. J'ai vu les traits réguliers de Vincent, son nez droit, ses yeux francs, et j'ai voulu garder ce visage, près de moi, pour toujours.

Il y aurait lui, Vincent, il y aurait derrière moi tout ce que j'aurais quitté comme on s'échappe de la nuit.

Ma voisine m'a soutenue. J'ai descendu les marches, les jambes encore faibles, je me suis assise un instant sur le canapé. Au centre de la table basse, une fillette roulait sur un tricycle rouge, brune, souriante, insouciante d'une insouciance d'enfant. Je me suis penchée sur la photo, je l'ai prise, les mains tremblantes, et je l'ai retournée. Il y avait une inscription. *Emma, four years old.*

C'était l'écriture hésitante de Noëlle, elle n'avait pas vieilli.

Chapitre cinq

Je ne sais plus rien de moi. Je me touche, les épaules, le ventre, le visage, les paupières, je vérifie si j'existe encore, oui, j'existe, mais dans une solitude inentamée, en dehors de la lumière. Le soleil ne m'atteint plus, le jour ne m'atteint plus, j'examine le monde sous ma cloche de verre, il a rapetissé, brusquement, même l'érable qui plie maintenant sous les taches jaunes. Il a cent ans, j'ai cent ans, l'âge où on ne sait plus rien.

Sur son tricycle rouge, une fillette avance la main pour montrer quelque chose, on ne voit pas quoi, l'appareil photo peut-être, un enfant sur le trottoir, ou sa mère. C'est Emma, la fille de Noëlle. Elle a mon sourire. Maman dira, *Elle te ressemble, ce petit visage de quatre ans.*

J'ai quatre ans sur mon tricycle rouge. J'avance la main vers Noëlle, elle gazouille dans les bras de papa, *Attention, le petit oiseau va sortir,* crie maman. Je tourne les yeux, je ne vois rien.

Sous une cloche de verre, on entend tout en même temps, la voix claire de maman, les recommandations de papa, les mots écorchés de Noëlle à deux ans, puis son autre langue, sa langue étrangère, sa langue de mère, *Emma, look at me please.* Tout dans une seule rumeur qui n'en finit pas.

J'attends, j'attends que peu à peu ma voix monte au-dessus des autres voix. Alors je ferai une colère terrible contre Noëlle, elle ne m'imposera pas son enfant, elle qui nous a tous abandonnés, je déchirerai la photo, et puis je reprendrai ma vie là où je l'ai laissée.

Ou bien je dirai, Noëlle est restée ma sœur, elle m'a donné un enfant. Et ce sera le silence, un silence aussi léger qu'une première neige. On s'arrête, on se retourne pour regarder les traces de ses pas, puis on se met à chanter, la complainte de Rosa, on bifurque, on avance vers une terre inconnue, on entraîne avec soi une enfant. C'est aimer, dans son état le plus simple. C'est partager son prénom. Avoir quarante ans.

Je n'ai pas peur, je reprends mes forces, doucement, à l'ombre du monde que j'ai quitté. La neige fait de petites étoiles dans le soleil de fin d'été, elles se déposent partout, sur le fauteuil de cuir près de la fenêtre, la plante de François, le tricycle rouge d'Emma, elles laissent des cristaux sur mes paupières, et je souris, j'ai mon sourire de la photo, mais ce n'est pas un sourire d'enfant. Il y a cette ride incrustée entre l'œil et la tempe, une réponse qui est venue au moment où je ne l'attendais plus, un futur tout neuf, des bougies à allumer sur des gâteaux d'anniversaire.

Et cette image de moi, que je ne connaissais pas. Une image de mère dont je ne perçois encore qu'une ombre vague, transparente sur le papier froid.

Chapitre six

C'est dans la voix que surgit l'enfance, on ne sait jamais à quel moment, mais tout à coup elle est là, dans son épouvantable désordre, avec ses poupées cassées et ses comptines, on ne peut plus l'ignorer. Pour peu, maman sortirait le vieux livre de contes, elle prendrait sa belle voix, elle nous lirait cette histoire de crapaud changé en prince et Noëlle se pencherait pour caresser l'illustration. Elle aimait tellement les princes, Noëlle.

On ne parle que d'elle. On se tasse autour de maman et on dit, à tour de rôle, *Te souviens-tu ?* On est dans le passé qui fusionne les corps et les sentiments. En une même chaleur. Et puis il faut revenir à la réalité, il y a la procédure juridique, les cendres à faire rapatrier, rappelle Philippe, le cottage. Et la petite Emmanuelle, c'est son vrai prénom.

Maman acquiesce. Noëlle reposera à côté de son père, et Juan aussi, si personne ne réclame ses restes. Maman a pardonné. Pas une parole de colère, plutôt un soulagement. Son enfant lui revient, morte, mais elle lui revient, le monde retrouve son ordre. Les dimanches d'été, on ira déposer des fleurs au cimetière, elle pleurera ses morts comme une totalité, papa, Noëlle et Juan, pourquoi pas Juan, n'est-il pas le mari de Noëlle? Le père de la petite Emma?

Elle tourne les yeux vers le buffet, elle regarde la photo qu'elle a placée debout contre un bibelot, Noëlle et Juan, main dans la main devant leur cottage. Et son visage s'illumine, elle prend François à témoin, elle aura été très courageuse, Noëlle, elle aura tout sacrifié à l'amour.

Alors, les corps se séparent, on reprend place chacun dans sa vie. On regagne le temps fracturé des petits sentiments, les journées sans héroïsme qui s'ajoutent aux journées sans héroïsme, les enfants. Philippe hausse les épaules, il voit peut-être Anne, Véronique et Pascal, la petite fille qui naîtra bientôt, il voit des bonheurs mesurables, des difficultés, mais il n'a pas envie de le dire à maman. François cherche mon regard. Nous avons renoncé à nos exploits, mais maman n'en sait rien, à quoi bon la décevoir? Je lui fais un clin d'œil, pourquoi parler à maman?, elle est heureuse aujourd'hui.

Anne et moi, nous pouvons nous occuper d'Emmanuelle. Je remercie Philippe. Non, je ne me sens pas liée par la volonté de Noëlle. J'ai le goût de ranger mon enfance dans le grand coffre à jouets, d'entrer dans le mystère d'une autre enfance, à côté de moi, distincte, étrangère. Je n'explique pas les choses de cette façon pourtant. Je dis, *Je vais adopter la petite Emma. Nous l'élèverons ensemble, Vincent et moi.* C'est notre désir à tous deux.

Maman est contente. Et puis elle sera là, elle nous aidera, elle pourra élever Emma avec nous, ce sera notre enfant, notre petite Noëlle. La phrase se formule toute seule dans ma bouche, j'affirme d'un ton brusque, *Nous nous débrouillerons tous les deux, Vincent et moi.* Et puis ma voix s'adoucit, nous viendrons chez elle le dimanche, comme Philippe et Anne, parfois nous irons tous manger au restaurant.

Nous ferons à Emma une vraie maison, avec des cahiers à découper et une petite chaise berceuse, des animaux de peluche et un chat, tout jaune, qui dormira au pied de son petit lit. Le soir, je lui lirai une histoire, une histoire avec des enfants hauts comme trois pommes qui ne font pas toujours les volontés de leurs parents.

Chapitre sept

O n pourrait dire, c'est l'amitié, ces yeux secrets qui prennent la place des mots, il suffit d'un regard et on sait, Bénédicte est heureuse, ou préoccupée. Alors, on va vers l'autre, je suis là, je suis là. On pourrait tout aussi bien dire, c'est l'amour, mais sans cette présence qui cherche à occuper tout l'espace, l'autre amour, discret, celui qui ne fracasse rien.

Bénédicte a pris deux ou trois bouffées, puis elle a déposé sa cigarette dans le cendrier, elle la laissera griller. Elle fume rarement, seulement dans les moments d'émotion intense, quand le trouble est si grand qu'il requiert des gestes. Elle lance, *Quelle histoire incroyable!, comment feras-tu?, quand pars-tu?*, sans attendre de réponses. Elle parle comme elle fume, elle se fait du souci, est-ce qu'elle, elle pourrait pardonner?

Alors il faut tenter d'expliquer. Je n'ai rien à pardonner, Noëlle est morte en emportant avec elle l'immensité de la passion, elle m'a laissé la vie avec ses petites joies, l'humanité d'un amour humain. Je laisse Vincent continuer, lui aussi a le goût de voir grandir un enfant, puis il donne des détails, les enquêtes policières, la bureaucratie, l'immigration, une

voisine garde la petite Emmanuelle chez elle, je partirai dès qu'on me le permettra.

La cigarette s'est éteinte, Bénédicte en allume une
autre, ce qui ne lui arrive jamais. Elle répète, *Quelle histoire incroyable !,* et j'acquiesce, mais je ne le pense pas.
Il fallait bien que Noëlle revienne tôt ou tard, qu'elle
reprenne sa place parmi nous. Il fallait bien qu'avant
sa mort, maman apprenne le dénouement de l'histoire.

C'est la fin de l'énigme, je rattache de nouveau les
causes et les effets, des milliers de fils invisibles
relient mon corps au paysage. Je marche avec une
certaine assurance maintenant, comme si je pouvais
toucher la réalité. Elle est partout à présent. Dans les
rêves démesurés de maman, dans le prénom d'une
toute petite fille, dans ton retour que je n'attends plus.
Tu es mort dans la mort de Noëlle. J'ai détruit mon
cœur trop grand, mes vieux contes, ma fatigue. Je suis
restée sur la terre, ocre et chaude. Tu es monté dans
un ciel beaucoup trop bleu pour mon univers à moi.

Chapitre huit

L'érable est encore là, devant la fenêtre, la photo d'Emmanuelle, une voix blonde monte des haut-parleurs, la réalité tient bon. Elle s'agite, elle se dépense, elle court plus vite que moi. Elle m'essouffle, mais j'arrive à suivre. Je fais des listes, des réservations, je demande à Vincent quel jour on est.

On est samedi. Judith mange son croissant. C'est bien elle, ta première femme, en face de moi. Elle se lèche les doigts, elle dit qu'elle aime les constructions de cette époque, avec des boiseries. Elle a franchi le seuil de ma maison. Quand je lui ai téléphoné, je n'étais pas sûre qu'elle accepterait. J'ai essayé de parler le plus directement possible, je devais me débarrasser de tes affaires, est-ce qu'elle ne voulait pas passer ? Ton bureau, la chaise pivotante, le classeur, j'avais pensé à Étienne. Elle a dit oui, sans hésiter.

Je lui verse une autre tasse de café, je vais chercher la photo de la petite Emma, j'explique, il lui faut une chambre, voilà. La réalité pousse les souvenirs sur le pas des portes, elle les déplace dans d'autres maisons, là où doucement quelqu'un les tirera vers une autre vie.

Nous montons au premier. La clé tourne dans la serrure, la porte grince, elle aurait besoin d'un peu d'huile. J'ouvre grande la fenêtre, la rumeur de la rue enterre la voix blonde, tes choses sont couvertes de poussière, elles ne se ressemblent plus. Je vide les boîtes, je montre, Judith fait oui ou non, nous remplissons d'autres boîtes, celles qu'elle apportera, celles que je donnerai à un organisme de charité. Et moi, je ne veux rien garder, pas même les livres? Je fais un signe de tête, non. Puis je me ravise, pourquoi pas, tu avais quelques beaux livres, Judith a raison, le temps a passé, pourquoi ne pas les conserver?

Quand même, l'émotion pince sournoisement le ventre, sous une pile de revues ou de vêtements d'hiver. Pendant un instant, elle surgit d'une plume et Judith la tient dans sa main, un cadeau qu'elle t'avait fait quand tu avais décroché ton premier contrat important. Et puis la veste de laine que tu enfilais les soirs d'automne, cette fois ce sont mes doigts qui tremblent. Alors, je pense à la mémoire comme à une eau qui bouillonne encore dans son sommeil.

On part parfois parce qu'on a peur de voir partir l'autre. Cette phrase siffle entre les lèvres de Judith et je la laisse passer sans la relever. Je ne saurais pas quoi répondre, elle parle de Judith et de toi, cette remarque, et aussi de nous deux. Sans doute Judith voit-elle mieux que moi après toutes ces années, sans doute savait-elle pour nous deux, n'y avait-il pas eu aussi cette Dominique que tu avais laissée pour l'épouser, elle? Ce que tu appelais la passion, ce n'était peut-être après tout que le vertige infini de la répétition. Je serre les lèvres, on n'a pas le goût de retenir la réalité quand elle découd les belles histoires, qu'elle rend l'amour aussi banal qu'un sol sans relief.

Mais Vincent arrive avec Étienne, et c'est le côté émouvant de la banalité, ils ont loué une camionnette, ils vont transporter ensemble tes meubles chez Judith, Étienne nous fait comprendre qu'ils n'ont pas besoin de nous. *Il ne laisse pas Vincent respirer*, observe Judith. Et je sens le besoin de la rassurer, je lui réponds que c'est sa présence à lui qu'il recherche quand il vient, beaucoup plus que la mienne. Elle le sait, elle n'est pas jalouse. Plus maintenant.

Elle pose sa main sur le rebord de la fenêtre, regarde dehors, dans le vague, puis sa voix se brouille un peu. *Nous avons peut-être des enfants*, dit-elle, *pour nous habituer à la séparation.*

Chapitre neuf

Tu n'as pas peur? Non, je n'ai pas peur. Je ne plisse plus les yeux pour regarder le ciel, c'est comme si je ne risquais plus de m'envoler, comme si des racines poussaient sous mes pieds et s'enfonçaient dans les veines du sol.

La chambre d'Emmanuelle est prête maintenant. Il y a de drôles d'animaux sur les murs, un lit d'enfant avec une tête pour ranger des livres, une table à dessiner. Nous avons passé tout un après-midi à choisir des meubles, Vincent et moi, nous avons palpé les matelas, examiné chaque tiroir, comparé les matériaux, nous nous exerçons à devenir des parents.

Anne répète, incrédule, *Tu n'as pas peur?* Ma belle-sœur dit qu'elle, elle a peur, à chaque enfant. Pas de l'accouchement, non, il s'agit d'une autre peur, celle qui nous tenaille quand on n'est pas sûre d'avoir pris la bonne décision. Mais moi, je n'ai jamais décidé de donner la vie, je l'accueille sous mon toit, voilà qui est plus facile au fond.

Je n'ai pas peur, peut-être parce que je n'arrive pas à me voir comme une vraie mère, je suis encore ballottée entre deux prénoms. Parfois, la petite fille au tricycle rouge s'appelle Emma-four-years-old, elle pointe le doigt vers Noëlle, c'est elle la mère. Et puis je dépose la photo et je me souviens, la petite fille s'appelle Emmanuelle, *Emmanuelle Rodriguez*, a précisé la femme maigre, c'est bien son nom à elle, et alors elle ne me ressemble plus autant. Je réentends les dernières volontés de Noëlle, je redeviens la mère de cette enfant.

Tout sera plus clair quand Emmanuelle sera là, pense Vincent. Elle sortira de son décor et le tricycle rouge ira rejoindre les autres photos dans un album. Hier, il est arrivé avec une petite bicyclette jaune. J'ai dit, *Elle est trop petite encore*, mais il a pris dans un sac deux minuscules roues de soutien qu'il installera pour qu'elle garde l'équilibre, au début. Il agit comme un père, il veut la protéger sans la garder sous son aile, il lui montrera à s'éloigner mais la surveillera, du coin de l'œil, sur le balcon. *Elle apprendra l'art des distances*, affirme-t-il en riant, *elle reviendra vers nous puis elle repartira*. Il insiste, *Elle reviendra, ne t'inquiète pas*.

Noëlle et moi, nous n'avons jamais eu de bicyclette, papa ne gagnait pas assez d'argent et il n'aurait pas eu le temps de nous montrer, il travaillait trop, le jour, le soir, souvent le samedi, nous n'avons jamais appris la bonne façon de nous éloigner. Je ne suis jamais partie, Noëlle n'est jamais revenue. Philippe et François, oui. Depuis l'adolescence, ils partent, ils reviennent, je ne sais pas qui le leur a appris.

Bien sûr, avec toi j'ai fait des voyages, la France, la Suisse, les États-Unis, mais ce n'est pas vraiment ce qu'on peut appeler partir, c'est-à-dire vivre à l'étranger. Je n'aurais jamais pu laisser maman seule, jamais je n'aurais pu m'y résigner. Elle était là, la peur, blanche comme le spectre de Noëlle, blanche comme les robes des anges, elle me tenait suspendue entre deux nuages, elle me tenait la bouche fermée. Maintenant l'écho transporte ma voix. Je suis plus loin de maman, mais elle m'entend bien quand je lui parle, je lui dis que je prépare l'arrivée d'Emmanuelle comme on prépare un départ, ce sera la vie vivante avec des dépaysements, des surprises, des rhumes et des larmes parfois, des devoirs après la classe et des caresses.

De tout cela je parle à maman, mais pas de la petite bicyclette jaune qu'a achetée Vincent. Elle ne dormirait plus. Les choses que je ne peux pas lui dire, je les partage avec Anne, elle n'a pas les mêmes peurs que maman. De chaque côté de notre enfance, nous nous découvrons des racines très longues, qui piquent tout droit, jusqu'au centre de la terre.

Chapitre dix

Vincent caresse mon mamelon, il dessine des cercles, et je m'embrase, d'abord les seins puis le dos, et du dos jusqu'au ventre, tout le corps embrasé. C'est le consentement. Désir, amour, j'ignore toujours comment les différencier sauf dans les livres. Là, une ligne claire les sépare, ma vie n'est pas si bien découpée. Et pourtant, je sais cela, avec Vincent je n'ai pas sans cesse à lutter, il ne fuira pas. Je ne sens pas d'effroi dans chacun de ses gestes, comme si à chaque moment l'abîme risquait de l'engloutir.

Avec Vincent, c'est l'amour sans le fil qui manque à chaque moment de se rompre. Il me tient contre lui, il m'appelle sa belle Emma, et je pense à la boule dure comme à une sphère qui serait allée rejoindre les autres sphères perdues dans l'immensité. Mon ventre est libre maintenant, et vaste et sonore, aussi sonore qu'un temple dans lequel on entendrait résonner la voix rauque d'un oracle. J'écoute, il n'est question ni de drame, ni de guerre, ni de disparition, ni de départ.

Nous avons la nuit. Elle vient vers nous avec sa bonté, elle m'écartera les bras, elle m'écartera les jambes, Vincent s'enfoncera dans mon ventre et je le reconnaîtrai parmi tous les hommes. Nous ne ferons qu'une seule chair, nous crierons d'un seul cri. Puis nos corps s'éloigneront l'un de l'autre, nous recommencerons à parler, nous ferons encore des projets. Ensuite, le sommeil. Les anges nous garderont jusqu'au jour, nous nous réveillerons d'un réveil plein de lumière.

Il n'existe pas que des blessures. Pas que du malheur. L'horizon se déploie aussi, tout près de nos mains. Quand Vincent dit, *Dans dix ans*, maintenant je le crois tout à fait. Je suis entrée dans le temps de la résurrection. Sur le visage, les larmes n'ont laissé qu'un peu de sel, mes joues sont rondes encore et fraîches, *On a le goût de les mordre*, dit mon amoureux, il approche les dents, je le repousse, c'est un jeu entre nous.

Vincent me caresse, je caresse Vincent et le cœur du monde bat plus fort.

Bientôt, je partirai. Puis je reviendrai avec Emmanuelle. Vincent aura aménagé ici. Je ne pense plus, quelle folie !, je regarde autour de moi, l'érable du parterre, la lumière, et les paysages invisibles derrière les fenêtres, je dis oui comme pour m'accrocher à l'idée du bonheur, un bonheur assez petit pour tenir entre les quatre murs d'une maison. Dans ce petit bonheur, j'imagine aussi des peines, des inquiétudes, mais tout restera à une échelle humaine, nous ne deviendrons pas des géants, nous n'aurons pas peur.

Nous ne déménagerons pas. Hier, nous avons fait venir l'ouvrier à la retraite, celui qui ressemble à papa. Dans la cave, il va construire un bureau pour Vincent et, à l'endroit où le sang de Monsieur Girard a giclé dans la poussière, il y aura une salle de jeu pour

Emmanuelle. Sa mort ne sera pas oubliée, elle sera recouverte par des pas d'enfant. Madame Girard serait d'accord, elle dirait, *Il fallait en arriver là, tôt ou tard.* Voilà peut-être ce qu'est le désir quand il se mêle à l'amour, une vague qui nous fait remonter du fond des eaux, qui nous dépose sur la grève, là où on peut sécher ses joues, prendre la main d'un homme ou d'un enfant.

Vincent a dessiné un plan, comme tu le faisais, l'ouvrier l'a examiné, on aurait dit que c'était papa et curieusement, je voyais la tête de Monsieur Girard dans la poussière, je pensais à lui et à tous ceux qui ont coulé à pic au fond des flots noirs et qui ne sont jamais revenus.

Chapitre onze

Maintenant, le soir gagne un peu plus vite, il descend vertical, il s'installe au milieu de la gorge, il nous fait une voix grave quand nous pensons à l'automne qui vient. L'érable gèlera devant la fenêtre, Emmanuelle regardera ce squelette, craintive, elle connaîtra pour la première fois le froid, elle pensera peut-être à Noëlle qu'elle ne reverra plus jamais. Et je serai sans recours devant un si parfait abandon.

La femme est venue encore cet après-midi, elle essaie de faire accélérer la procédure. Emmanuelle s'enferme paraît-il dans un mutisme inquiétant, on m'attend là-bas comme si j'étais la consolation.

Il ne m'est venu qu'un mot, *orpheline*. Les sonorités en étaient douces comme de la soie, comment un mot si doux pouvait-il nommer une si grande détresse? La langue n'a pas d'oreille, c'est ce qui nous perd. Mais la femme n'aurait pas compris, alors je me suis tue. J'ai simplement dit que tout était prêt ici, je pouvais partir n'importe quand.

De la cave monte le bruit des marteaux, des planches de bois craquent et puis tout à coup le rire de Vincent, je n'aurais jamais imaginé qu'il soit aussi habile que papa. On dirait que d'autres fils se rejoignent. Ce soir, j'ai pensé, papa était orphelin lui aussi, et pour la première fois, j'ai vu papa comme un enfant. Voilà comment on voit les choses quand la terre rétrécit, tout prend d'autres proportions, même la douleur innommable. Je ne peux pas avoir vraiment peur pour Emmanuelle, il me reste trop d'images heureuses de papa. Papa nous lance la balle sur la plage, Noëlle court, elle attrape la petite boule bleu blanc rouge. Il est content, il a réussi à arracher sa fille à ses romans.

Ce n'est pas qu'il n'aimait pas les histoires, papa, bien au contraire. Parfois, durant ses vacances, il prenait la relève de maman, il nous rassemblait autour de lui et inventait des contes loufoques, avec des vagabonds et des voleurs qui ne faisaient de mal à personne. Dans ses récits à lui, il n'y avait jamais de princes, de fées et de génies. Seulement des gens pauvres qui voulaient avoir une maison pour dormir et puis du pain à se mettre sous la dent. Nous étions trop jeunes, nous ne saisissions pas qu'il nous racontait ses anciennes inquiétudes. Il était heureux, il avait maintenant une femme, des enfants, et puis de bons plats qui fumaient sur la table. Il n'en demandait pas plus.

La poussière a laissé des reflets poivre et sel dans les cheveux de Vincent, je le regarde se secouer sur le balcon, il fait un dernier signe à l'ouvrier qui part, c'est un geste que je n'arrive pas à associer à Elena, un geste si loin de la passion. Mais peut-être, ce soir, une femme au Brésil se pose-t-elle la même question en tenant dans ses mains une vieille photo de moi.

Nous vieillissons, répète Bénédicte, on me montrant les petits plis sur ses mains. Elle est arrivée hier avec une de ces crèmes miracles, qui tiennent tête au temps. Un rire immense a retenti, un même rire à deux voix, Vincent et June, c'est un autre fil entre le passé et le présent. June a quelque chose de Vincent, son assurance tranquille, la simplicité de ceux qui ont trouvé la consolation.

Vincent se secoue sur le balcon tandis que j'allonge ma chaîne de ressemblances. Je place maintenant papa, et Vincent et June, et François, oui, depuis son retour. Et moi aussi, depuis quelque temps. Je n'ai pas peur pour Emmanuelle, elle aura sa place au milieu de nous.

Chapitre douze

O n ne meurt pas ici. On tousse, on a mal, on respire trop fort, mais on ne meurt pas. C'est ce que le bruit sourd du marteau m'enfonce dans la chair. L'ouvrier fait craquer le bois, il cogne, il construit. Un beau plancher de bois dur recouvre maintenant les derniers ronds de sang. Hier, l'homme a dit, *Quelqu'un a dû se blesser ici*, en me montrant de minuscules taches incrustées dans le ciment. Je me suis agenouillée dans la poussière, surprise, je croyais avoir fait disparaître les dernières marques. Mais la mort avait refait surface, sournoisement.

Chaque jour, le combat. Chaque jour, répéter, devant une enfant, on ne meurt pas ici. Je m'exerce, à chaque coup de marteau. C'est cela, je crois, devenir mère, respirer trop fort, avoir mal, sentir la boule dure, parfois, dans son estomac, mais réchauffer dans la chaleur fragile de sa main les doigts d'un enfant. Il faudrait poser la question à maman, j'oserai peut-être, un jour, devant une tasse de thé.

Quand elle est arrivée tantôt, elle a voulu voir la chambre d'Emmanuelle. Elle a tout examiné, le lit, les rideaux, la commode, puis elle a sorti de son sac une courtepointe avec des cercles roses, elle l'a installée sur le lit avec les gestes de grand-maman. Alors brusquement les années ont reculé, je l'ai remerciée d'une voix mouillée, ma voix brune de fillette robuste et aussi sa voix à elle quand elle disait merci à sa mère. J'ai eu l'impression de sentir dans ma chair ce que Madame Girard appelle la *memoria*, est-ce cela aussi devenir mère ?

Je lui ai écrit une longue lettre à Hérakleion, je lui ai tout raconté, Noëlle, Emmanuelle, les aménagements dans la cave, l'installation de Vincent, mais elle ne la recevra pas. Le facteur m'a apporté ce matin une carte postale, avec une fresque, la plus belle de Knossos, celle de l'oiseau bleu. Elle a quitté la Crète pour l'Orient, elle veut poursuivre son odyssée, jusqu'à Babylone, jusqu'à l'origine des langues. Quand j'arriverai à Los Angeles, elle sera en train de se promener dans les ruines de Babel, peut-être qu'elle retrouvera l'emplacement de la Tour, cette tour que les humains ont voulu élever pour atteindre les cieux. Peut-être revivra-t-elle leur punition, la cacophonie, la dispersion.

Moi, j'aurai retrouvé un peu de Noëlle. J'essaierai de reconstituer des fragments de son histoire, j'ouvrirai mes bras à sa fille, pour elle je traduirai des mots très simples qui n'ont jamais été perdus. Après l'échec, la séparation définitive du ciel et de la terre, apprendre à entrer dans la langue d'une enfant, n'est-ce pas cela, également, devenir mère ?

Je n'arriverai pas à la comprendre. Maman s'inquiète, elle qui n'a jamais traversé sa langue, comment parler à Emmanuelle ? Alors je la rassure, elle apprendra vite le français, on conserve toujours au fond de soi la langue de sa mère, et puis dans un premier temps je traduirai. Maman sourit. Elle prend une gorgée de thé chaud, elle passe sa main noueuse sur la nappe brodée, elle ne s'étonne pas aujourd'hui que je l'aie mise pour elle, elle revoit sans doute tous les hivers où grand-maman tirait l'aiguille sous la lumière électrique, elle regarde ses mains, elle dit, *Je suis aussi vieille que ma mère maintenant.* Elle me fait cet aveu en soupirant, tandis que l'ouvrier n'en finit plus de cogner dans la cave.

Il faudrait prendre ses doigts dans la chaleur de ma main, dire, *On ne meurt pas ici,* mais là où elle est, elle ne me croirait pas. Ce seraient des paroles de mère et je ne suis que sa fille. Elle marche sur le bord d'un gouffre sans fond. Et je ne connais aucune parole capable d'apaiser le vertige qui est le sien.

Chapitre treize

L e jour me convient, sa brise un peu légère, j'ai frissonné tantôt en sortant, puis mon corps s'est habi-
tué, je déambule, anonyme parmi les passants, je suis
tout près de ma vie.

Devant moi, le parc déjà, ses bruissements multicolores, les canetons aussi gros que leur mère, le parc
presque déserté maintenant, les écoliers sont assis en
face des tableaux noirs, ils rêvent aux prochaines vacances, aux bateaux lâchés sur l'étang, à des cerfs-
volants qui ne s'emmêlent pas aux branches des
arbres.

L'an prochain, j'irai reconduire Emmanuelle à
l'école moi aussi. Puis je reviendrai m'asseoir à ma
table, je reprendrai le travail là où je l'aurai laissé.

Mon livre paraîtra le mois prochain. *C'est une belle
traduction*, a dit mon éditeur. Je le crois moi aussi, j'ai
voulu aller en dessous des mots, là où il surgit un
reste de chant. Ce sera ma dernière traduction litté-
raire. Désormais, je n'accepterai que des contrats
lucratifs, des livres pratiques qui demandent moins
de réflexion sur la langue, j'y travaillerai l'après-midi
ou le soir. Après avoir écrit. L'été prochain, j'apporterai
à mon éditeur un livre de moi.

Pourtant, je n'ai pas ouvert mon cahier rouge ces dernières semaines. Mais j'écris sans écrire, je fais à rebours mon trajet, je joue tous les rôles à la fois. Madame Girard et son mari, maman et papa, et Noëlle. Et toi. Je regarde les cartes anciennes de la Mésopotamie, je me fais éclater le crâne dans la poussière, je fuis, je rêve, je meurs dans un accident d'auto, je suis une forme traversée de visages, je ne suis personne.

Dans quelques semaines, Noëlle reposera avec papa au cimetière, Emmanuelle se promènera sur sa bicyclette jaune, Vincent la surveillera, je leur ferai signe par la fenêtre, le crayon à la main. Mon scénario avancera, il sera terminé avant la fin de l'année. Cela, je le sais. Je sais aussi que je ne cesserai plus d'écrire. Des récits, celui de Noëlle sûrement, j'essaierai de découvrir qui était la femme à la fausse identité, cette Ella Rodriguez.

Dans ma vie, il y a maintenant une place pour les histoires auxquelles j'ai renoncé, elles auront de beaux titres et mon nom imprimé, la vie vécue se déroulera à côté, dans les odeurs mouillées de l'automne, le givre de décembre, les premières tulipes du printemps.

On me reconnaît maintenant dans le building où habite Madame Girard. Dans le hall, je m'arrête un peu pour bavarder. Oui, Madame Girard fait un beau voyage, quand reviendra-t-elle?, elle ne sait pas encore, sans doute lorsqu'elle aura atteint le fond de la mémoire humaine, là où on croyait à la création des langues. Puis j'appuie sur le bouton de l'ascenseur.

Les plantes ont soif. Son fils n'est pas passé, il s'éclipse depuis qu'il me connaît. Il a enterré sa mère en même temps que son père, mais c'est une histoire qui ne m'appartient pas. Il s'est sans doute trouvé une autre mère, il me laisse la sienne avec ses bibelots de porcelaine. Il devine peut-être que nous cherchons toutes les deux la même chose, ce moment où, étrangement, les premières lueurs de l'aube arrivent à voiler le noir des livres.

Le silence des choses dans l'appartement inhabité, elles attendent un retour qui ne vient pas, il est trop tôt encore, mais Madame Girard reviendra, je le sais, je le sais comme je sais que tu ne reviendras pas. Un jour, elle sera là, de nouveau, et je l'appellerai par son prénom.

Chapitre quatorze

J'ai fait glisser le fermoir comme on recoud une plaie, puis j'ai déposé ma valise dans le corridor, près du vestibule. Tout est en ordre dans la maison, j'ai dit à Vincent ce matin, *Elle est belle notre maison*, les chambres, le salon, le parterre, la cave n'a plus l'air d'un tombeau, il y entre même une belle lumière, on a envie de la toucher.

J'ai avoué aussi, *Tu me manqueras*. Mais il n'y a pas de crainte dans cet aveu, Vincent m'attendra, je le sais. Alors je lui dis des mots d'amour qui ne demandent rien, simplement pour lui offrir des douceurs, comme on offre un bouquet, une coupe de vin ou une musique qu'on aime.

Demain soir, je serai partie. Ce qui m'attend est démesuré. Un cottage que je fouillerai dans ses moindres recoins, des indices qui me permettront de donner à Noëlle un visage réel avec des cheveux gris déjà, quelques pattes d'oie, des traces du temps quand il nous apprend le temps. Mais peut-être aura-t-elle continué à regarder la vie de loin, à travers un vieil écran, et je retrouverai alors la petite sœur qui jusqu'au bout aura rêvé ses rêves. J'ignore encore quelle image je préférerais.

Ce qui m'attend est minuscule. Une fillette qui vient à peine de faire ses premiers pas et qui se retrouve face à la solitude infinie de sa naissance, une petite étrangère dont je m'approcherai maladroitement, avec mon insécurité de femme qui depuis longtemps ne se souvient plus de ses prières.

La nuit descend. Bientôt montera la voix de Rosa, ma voisine, ce sera un chant d'au revoir, elle me l'a promis tantôt quand elle est venue m'embrasser. Elle a apporté un cadeau pour Emmanuelle, un conte illustré en espagnol qu'elle lui lira elle-même pour qu'elle n'oublie pas son père. Un instant, j'ai vu passer dans ses yeux un mal lointain comme une patrie perdue, et je l'ai serrée contre moi, serrée très fort, c'est un geste que j'arrive à faire de plus en plus spontanément depuis que j'ai perdu mon combat contre l'éternité.

La portière qui claque, les pas de Vincent, le bruit de la clef dans la serrure. Je me lève, je m'avance vers lui, je vais lui dire, *Je reviendrai.* Pour lui, mais aussi pour moi. Pour entendre le son d'une voix quand elle parle de retour.

Chapitre quinze

Ici, il y a tant de langues qu'elles bourdonnent comme une nuée d'insectes. Je tends l'oreille vers une table voisine, je saisis quelques mots, puis je les relâche aussitôt, je les laisse se perdre dans l'espace.

Sur la piste, de grosses carlingues qui se reposent. Tantôt, elles essaieront de s'envoler, on les verra monter dans le bleu ciel, puis on ne les verra plus, elles se cacheront dans les nuages, elles se protégeront de la colère de Dieu. Vincent me montre mon avion, immobile là-bas, il reste une heure encore et j'attends. Je suis prête maintenant.

Cette nuit, j'ai fait un autre rêve. Véronique et Pascal accouraient vers moi. Derrière, Philippe soutenait Anne qui venait lentement derrière son ventre, et puis François avec sa Fabienne blonde, et maman. Aussi Bénédicte accompagnée de June. Et Judith avec Étienne, et Madame Girard, et Vincent, ils étaient tous là. La scène ressemblait aux fins heureuses dans les contes.

Maman a déballé un gâteau qu'elle a déposé sur la table, devant moi, elle a installé les bougies. Pascal poussait des cris de joie, Étienne m'enlaçait de ses bras trop longs, on m'embrassait. Aux tables voisines, on se retournait, on me souriait, puis on s'est mis à chanter, *Bonne fête Emma,* la famille, les amis, les gens assis aux tables autour de nous, et puis la salle, toute la salle dans toutes les langues, c'était Babel qui acceptait la dispersion. Maman avait voulu me fêter dans cette joyeuse cacophonie.

Vincent passe sa main devant mes yeux. À quoi est-ce que je pense ? Je dis, *Dans quelques heures, j'aurai quarante ans. Au moment même où l'avion se posera dans la cité des anges.*

Elle n'a jamais oublié un de nos anniversaires, maman, même dans la douleur sans nom, l'année qui a suivi la disparition de Noëlle. Ce matin, elle m'a téléphoné. Elle voulait venir me reconduire. J'ai refusé, la terre est trop vaste ici, elle ne se serait pas reconnue. Nous n'aurions pas réussi à former une île bien ronde dans ce monde étranger, elle aurait été dépaysée. Avant de venir à l'aéroport, je me suis arrêtée chez elle, comme pour lui dire, je pars, mais je suis là quand même, je pense à toi.

Je pense à toi. Ce sera toujours dans cette phrase que passera l'essentiel de l'amour, l'amour pour sa mère ou son enfant, pour son amant ou son amante tout aussi bien, le souvenir, l'émotion du souvenir quand soudain le temps se fixe sur un geste significatif. Tricoter des bas de laine, faire tourbillonner une femme dans des bras aussi musclés que les bras de papa, dessiner des cercles sur un sein, accueillir une enfant dans sa maison. Dire à un homme qu'on reviendra.

Je cherche la main de Vincent. Ses yeux bleus sont perdus dans le vague, là-bas, au bout de la piste. Il prépare sans doute nos prochaines vacances. Je l'observe et je murmure, *Mon amour*, pour moi-même, mais il se tourne vers moi, il a entendu, il sourit. Un silence intraduisible recouvre alors le chaos des langues. L'instant durera encore un peu, mais pas très longtemps. Bientôt, une voix de femme annoncera mon départ. Je me lèverai, calme et tremblante, je ramasserai mon sac et je me dirigerai vers le corridor à la lumière blafarde.

Dans ma tête, j'ai répété cent fois cette scène. Je prends mon passeport et ma carte d'embarquement, je me blottis un long moment dans les bras de Vincent. Puis je me détache doucement, je m'avance, seule, je lui envoie un dernier baiser.

Et je franchis la barrière.

Table des chants

DANGER
LE
PHOTOCOPILLAGE
TUE LE LIVRE

Troisième tirage

*Cet ouvrage
composé en Post Mediaeval corps 10,5
a été achevé d'imprimer
en février mil neuf cent quatre-vingt-dix-sept
sur les presses de*

«L'IMPRIMEUR»

Cap-Saint-Ignace (Québec).